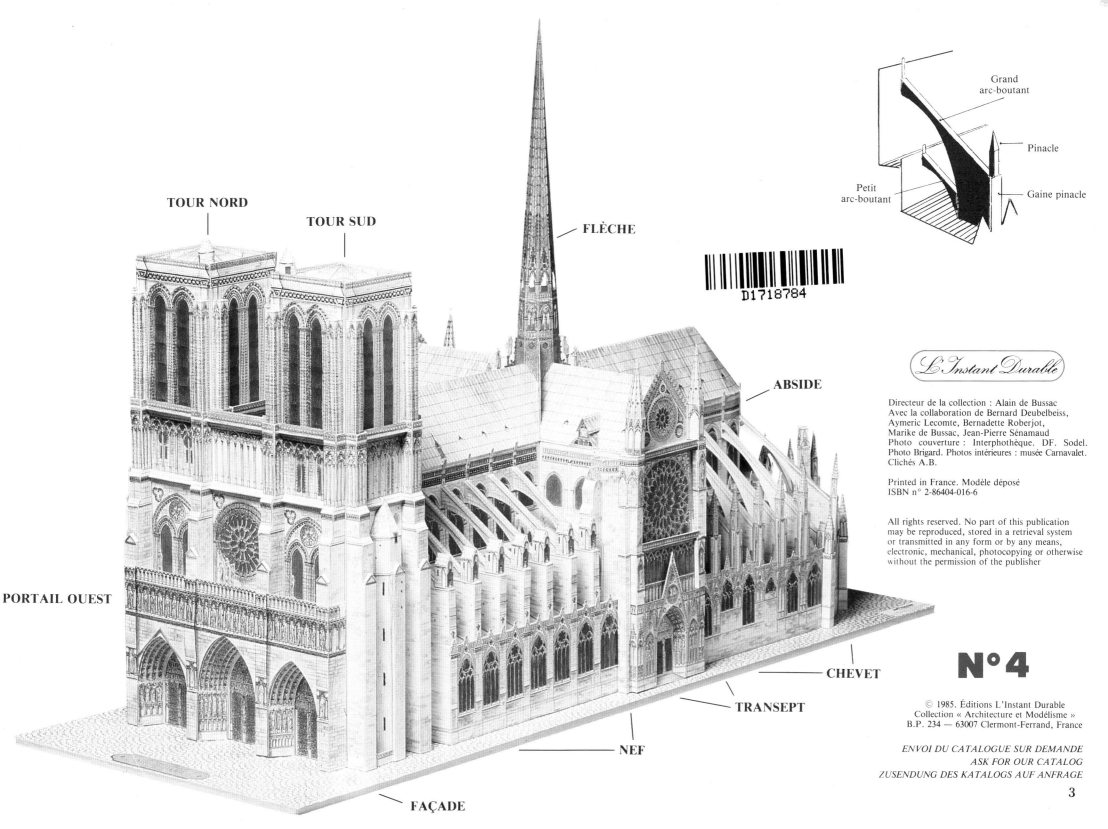

Grand
arc-boutant

Pinacle

Petit
arc-boutant

Gaine pinacle

TOUR NORD

TOUR SUD

FLÈCHE

ABSIDE

*L'Instant Durable*

D1718784

Directeur de la collection : Alain de Bussac
Avec la collaboration de Bernard Deubelbeiss,
Aymeric Lecomte, Bernadette Roberjot,
Marike de Bussac, Jean-Pierre Sénamaud
Photo couverture : Interphothèque. DF. Sodel.
Photo Brigard. Photos intérieures : musée Carnavalet.
Clichés A.B.

Printed in France. Modèle déposé
ISBN n° 2-86404-016-6

PORTAIL OUEST

CHEVET

TRANSEPT

**N°4**

© 1985. Éditions L'Instant Durable
Collection « Architecture et Modélisme »
B.P. 234 — 63007 Clermont-Ferrand, France

*ENVOI DU CATALOGUE SUR DEMANDE*
*ASK FOR OUR CATALOG*
*ZUSENDUNG DES KATALOGS AUF ANFRAGE*

NEF

FAÇADE

3

**NOTRE-DAME VERS 1614**

# NOTRE-DAME DE PARIS

Au cœur de Paris se dresse le plus beau monument religieux de la capitale, la cathédrale de « Notre-Dame », chef-d'œuvre d'équilibre et d'harmonie.

## UNE CONSTRUCTION ÉTALÉE SUR PRÈS DE DEUX SIÈCLES.

Comme beaucoup de nos cathédrales et de nos églises, Notre-Dame est construite sur l'emplacement d'autres édifices religieux. Il y a d'abord un temple gallo-romain, dédié à Jupiter, puis une basilique, au début du christianisme. L'actuelle cathédrale doit ses plans à l'évêque Maurice de Sully, qui désire remplacer les deux églises qui occupent alors la place, par un seul édifice, plus grandiose.

La première pierre est posée en 1163, sous le règne de Louis VII le Jeune. La construction est achevée en 1345.

Pendant un peu plus d'un siècle et demi, tous participent à l'œuvre entreprise, dans un immense élan de foi. Les grands de l'Église et du royaume par leurs dons, et les humbles par leur travail. Les corporations de tailleurs de pierre, de charpentiers, de verriers et de sculpteurs unissent leurs efforts sous la direction des architectes Jean de Chelles et Pierre de Montreuil. Rien n'est trop beau pour Dieu, et l'on n'hésite pas, en 1257, à recommencer les portails du transept, d'époque romane, jugés trop sévères par rapport à la richesse ornementale de la grande façade gothique !

## LA RESTAURATION DE VIOLLET-LE-DUC.

En 1841, persuadé de l'urgence d'une intervention pour sauver l'édifice, la monarchie de Juillet charge MM. Lassus et Viollet-le-Duc d'entreprendre les travaux de restauration. C'est l'époque où les Français redécouvrent le Moyen Âge, et Victor Hugo, avec son roman « Notre-Dame de Paris », contribue au regain d'intérêt de ses compatriotes pour leur cathédrale.

Les deux architectes se lancent alors dans une recherche historique et archéologique très approfondie, avant de donner leur propre vision des restaurations à effectuer.

Viollet-le-Duc et son équipe procèdent à la restauration des combles, à la réfection des portails et du chœur, en particulier en supprimant tous les placages et les ajouts qui avaient été fait sous Louis XIV.

Les vitraux « grattés » en 1741, sont entièrement restaurés.

Il en est de même pour toute la statuaire, dont l'admirable galerie des rois, sur la façade ouest, jetée à bas lors de la révolution française.

Enfin, sur l'emplacement de l'ancienne flèche de la croisée du transept, détruite en 1792, Viollet-le-Duc, après la mort de son collaborateur Lassus, fait exécuter son propre projet, superbe, sur lequel il ajoute les statues des apôtres et des disciples du Christ, en cuivre repoussé, exécutées par Geoffroy-Dechaume. Il se fait d'ailleurs lui-même représenter, à travers le personnage de saint Thomas, patron des architectes (1).

Il faut saluer ce travail de titan, qui, même s'il reste sujet à controverse, a permis de sauvegarder jusqu'à nos jours cette merveille de foi et d'architecture...

(1) D'après Mme Geneviève Viollet-le-Duc.

## QUELQUES GRANDS ÉVÉNEMENTS.

Pendant des siècles, et même bien avant qu'elle ne soit terminée, la grande cathédrale a battu au rythme du cœur de la capitale.

En 1185, le patriarche de Jérusalem, Héraclius, vient prêcher la troisième croisade dans le chœur à peine achevé. En 1239, saint Louis y dépose la couronne d'épines.

En 1302, Philippe le Bel procède à l'ouverture solennelle des premiers États généraux du royaume.

En 1455, l'Église de France y ouvre le procès en réhabilitation de Jeanne d'Arc. Tous les rois de France y font chanter des Te Deum ou des messes d'action de grâces pour célébrer leurs victoires.

En 1804, Napoléon s'y fait sacrer empereur.

En 1944 encore, est chanté le Te Deum de la victoire, selon la tradition.

Et en 1970 une messe de requiem est célébrée à la mémoire du général de Gaulle.

Et pourtant ! Au cours des siècles, la cathédrale se dégrade lentement : manque d'entretien, déprédations volontaires — pendant la révolution de 1789 en particulier — et transformations plus ou moins adaptées en sont responsables.

## QUELQUES CHIFFRES

Trois portails, trois galeries, trois nefs : tel est, dans toute sa simplicité mais aussi son audace, le plan de Notre-Dame. La façade développe 40 mètres. La longueur totale est de 130 mètres. La hauteur totale des tours est de 69 mètres.

Quant au chœur, il fait 28 mètres de long sur 12 mètres de large.

La cathédrale contient 37 chapelles.

Les trois rosaces ont un diamètre de 13 mètres et demi et l'on peut décompter 113 fenêtres...

Ces quelques chiffres suffisent à eux seuls à donner une idée de l'ampleur de la construction !

Quant aux ornementations extérieures, elles défient tout essai de dénombrement, tant elles sont nombreuses et variées.

Notre-Dame de Paris est bien l'une des plus somptueuses bibles de pierre, offerte aux regards émerveillés des siècles.

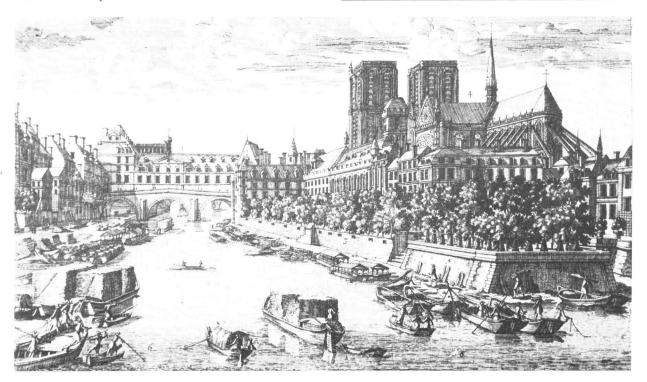

# NOTRE-DAME DE PARIS

In the heart of Paris stands the capital's most beautiful religious monument, the cathedral of Notre-Dame, a masterpiece of harmony and balance.

## CONSTRUCTION WHICH SPANNED ALMOST TWO CENTURIES.

Like many of France's cathedrals and churches, Notre-Dame was erected on the site of earlier religious buildings. Originally, there was a Gallo-Roman temple dedicated to Jupiter, followed by an early Christian basilica. The present cathedral owes its form to Bishop Maurice de Sully, who wished to replace the two existing . churches with a single, more grandiose structure.

The first stone was laid in 1163 during the reign of Louis VII le Jeune and construction was completed in 1345.

During a little more than a century and a half almost everyone participated in the great enterprise, in an immense demonstration of faith ; the leaders of the Church and royalty throught gifts, and the humble by means of their labour. Guilds of masons, carpenters, glass makers and sculptors united their efforts under the direction of the architects, Jean de Chelles and Pierre de Montreuil. Nothing was too good for the House of God, and the builders did not hesitate in 1257 to change the Romanesque portals of the transept, which were judged to be too severe in relationship to the ornamental richness of the great Gothic facade !

## SOME IMPORTANT EVENTS.

For centuries and even before its completion the great cathedral has pulsed with the heart of the capital.

In 1185, the patriarch of Jerusalem, Héraclius, came to preach the Third Crusade in the recently finished choir. In 1239 St. Louis placed there the crown of thorns.

In 1302, Philippe le Bel presided over the solemn opening of the kingdom's first Etats généraux, an early form of Parliament.

There in 1455, the Church of France opened the debate on the rehabilitation of Joan of Arc. All the kings of France held special thanksgiving masses in celebration of their victories.

In 1804, Napoléon was crowned emperor.

In 1944, according to tradition, Te Deum was sung in celebration of victory.

And in 1970 a requiem mass was held in memory of General de Gaulle.

Nevertheless, throughout the centuries, the cathedral has suffered the slow process of decay. Lack of maintenance, wilful depredations, especially during the revolution of 1789, as well as well-intentioned alterations, are all in part responsible.

## THE RESTORATION WORK OF VIOLLET-LE-DUC.

In 1841, persuaded by the urgent need for some intervention to save the building, the July Monarchy commissioned Messieurs Lassus and Viollet-le-Duc to undertake the work of restoration. It was the era when the French had rediscovered the Middle-Ages, and Victor Hugo with his novel, « The Hunchback of Notre-Dame », revived the nation's interest in its cathedral.

The two architects threw themselves into intense historical and archeological research before offering their own vision concerning the restoration.

Viollet-le-Duc and his team proceeded with the restoration of the upperworks, the re-modelling of the doorways and choir, and in particular the removal of the panelling and other additions which had been make by Louis XIV.

The stained glass, scraped to reduce the colours in 1741 were entirely restored.

The same was done for all the statuary, notably the admirable « Gallery of Kings », on the west front which was torn down during the French Revolution.

Finally, at the intersection of the transepts and the nave, location of the original spire which had been destroyed in 1792, Viollet-le-Duc, his collaborator Lassus now dead, carried out his own superb project, a new spire on which were added statues in copper of Christ's apostles and disciples, sculpted by Geoffroy-Dechaume. Viollet-le-Duc was himself represented in the person of St. Thomas, patron saint of architects (1).

It must be acknowledged that this was the work of a titan, which, even if it remains a subject of controversy, made possible the continuing preservation of this marvel of faith and architecture.

(1) According to Mme Geneviève Viollet-le-Duc.

## SOME FACTS AND FIGURES

Three doorways, three galleries, three naves : such in all its audacious simplicity is the plan of Notre-Dame. The facade extends 40 metres (130 Ft). The total length is 130 metres (423 Ft). The total height of the towers is 69 metres (224 Ft).

The choir is 28 metres (91 Ft) long by 12 metres (39 Ft) wide.

The cathedral contains 37 chapels.

The three rose windows have a diameter of 13.5 metres (44 Ft) and one can count 113 windows.

These few figures give only an indication of the immensity of the building. As for the exterior ornamentations, their number and variety stagger the imagination.

Notre-Dame de Paris is certainly one of the most sumptuous bibles in stone offered to the centuries' marvelling gaze.

## EINIGE ZAHLEN

Drei Portale, drei Galerien, drei Kirchenschiffe so sicht der Plan in seiner Einfachheit aber auch in seiner besonderen Architektur von Notre-Dame aus.

Die Fassade erstreckt sich auf 40 Meter. Die Gesamtlänge beträgt 130 Meter. Die Gesamthöhe der Türme beträgt 69 Meter.

Der Chor hat eine Länge von 28 Metern bei 12 Meter Breite.

Die Kathedrale enthält 37 Kapellen.

Die drei Rosetten haben einen Durchmesser von 13,5 Meter und 113 Fenster sind zu zählen.

Diese wenigen Zahlen reichen aus um eine Vorstellung von dem Umfang des Baus zu bekommen.

Was die aüßeren Verzierungen angeht, so sind sie derart zahlreich und abwechslungsreich, daß es unmöglich ist sie aufzuzählen.

Notre-Dame von Paris ist wohl eine der prunkvollsten Bibeln aus Stein, die Jahrhundertlang alle Blicke in Erstaunen versetzt hat.

## NOTRE-DAME VON PARIS.

Im Herzen von Paris erhebt sich das schönste religiöse Denkmal der Haupstadt, die Kathedrale Notre-Dame, ein Meisterwerk an Ausgewogenheit and Harmonie.

### BAUARBEITEN, DIE SICH AUF FAST ZWEI JAHRHUNDERTE AUSDEHNEN.

Wie viele unserer Kathedralen und Kirchen ist Notre-Dame auf der Stelle von anderen religiösen Bauten errichtet worden. Zunächst stand dort ein dem Jupiter geweihter gallo-romanischer Tempel, dann, zu Beginn des Christemtums, eine Basilika. Die gegenwärtige Kirche verdankt ihre Pläne dem Bischof Maurice de Sully, der die beiden Kirchen auf diesem Platz durch an einziges und großartigeres Gebäude ersetzen wollte.

Der erste Baustein wird 1163 unter der Herrschaft Ludwig VII gelegt. Im Jahre 1345 wird der Bau vollendet.

Während mehr als eineinhalb Jahrhunderte nehmen alle in einer großer Glaubensbegeisterung an der Gestaltung des Bauwerks teil. Hochgestellte Persönlichkeiten der Kirche und des Königreichs wirken durch ihre Spenden, die einfachen Leute durch ihre Arbeit mit. Die Zünfte der Steinmetze, Zimmermänner, Glaser und Bildhauer arbeiten gemeinsam unter der Leitung der Architekten Jean de Chelles und Pierre de Montreuil. Für Gott kann nichts schön genug sein, und so wird es nicht unterlassen 1257 die Portale des Querschiffes, aus der romanischen Epoche, noch einmal zu bearbeiten, da man sie als zu nüchtern im Verhältnis zu der reichen Verzierung der großen gothischen Fassade empfindet !

### EINIGE WICHTIGE EREIGNISSE.

Jahrhundertlang, selbst vor ihrer Vollendung, pulsierte die große Kathedrale im Herzen der Großstadt.

Im Jahre 1185 kommt der Patriarch von Jerusalem, Heraclius, um für den dritten Kreuzzug in dem gerade fertigestellten Chor zu predigen. Der Heilige Ludwig legt dort 1239 die Dronenkrone nieder.

1302 nimmt Philippe le Bel die feierliche Eröffnung der Generalstaaten vor.

1455 eröffnet die Französische Kirche hier den Revisionsprozeß von Jeanne d'Arc. Alle französischen Könige feiern hier mit einem Tedeum oder mit einem Dankesgottesdienst ihre Siege.

Im Jahre 1804, wird hier Napoléon zum Kaiser gekrönt.

Noch 1944 wird hier nach alter Tradition das Tedeum des Sieges gesungen.

1970 wird im Gedenken an General de Gaulle eine Requiemsmesse abgehalten.

Die Kathedrale verkommt dennoch langsam im Laufe der Jahrhunderte : mangelhafte Instandhaltung, gezielte Plünderungen-besonders in der Revolution 1789 — und mehr oder weniger passende bauliche Veränderungen sind die Ursache.

### DIE RESTAURATION VON VIOLLET-LE-DUC.

1841 ist die Julimonarchie von der dringenden Notwendigkeit eines Eingriffe zur Rettung des Gebäudes überzeugt und sie beauftragt MM. Lassus und Viollet-le-Duc die Restaurationsarbeiten in Angriff zu nehmen. Es ist die Epoche, in der die Franzosen das Mittelalter wiederentdecken, und der Roman « Notre-Dame de Paris » von Victor Hugo trägt ebenfalls dazu bei, daß das Interesse an der Kathedrale bei den Mitbürgern wieder auflebt.

Beide Architekten vertiefen sich nun in eine sehr genaue historische und archeologische Untersuchung, bevor sie ihre eigene Ansicht über vorzunehmende Restaurationsarbeiten vorlegen.

Viollet-le-Duc und seine Arbeiter restaurieren den Dachstuhl, erneuern die Portale und den Chor, wobei sie vor allem die Einlegearbeiten und zusätzlichen Verzierungen, unter Ludwig XIV gearbeitet, entfernen.

Die « gekratzten » Kirchenfenster werden vollständig restauriert.

Ebenso alle Bildhauerarbeiten, darunter die wunderbare Galerie der Könige, die während der französischen Revolution heruntergerissen worden war.

Nach dem Tode seine Miterarbeiters Lassus läßt Viollet-le-Duc schließlich einen eigenen Plan ausführen. Es handelt sich um die ehemalige Spitze des Querschiffes, die 1792 zerstört wurde. An diesere Stelle werden die Statuen der Apostel und der Jünger Christi hinzugefügt, gearbeitet in ziseliertem Kupfer von Geoffroy-Dechaume. Er läßt sich übrigens selber in der Figur des Heiligen Thomas, Schutzherr der Architekten, darstellen.

Wir müssen uns einfach vor dieser gewaltigen Arbeit verneigen, die, selbst wenn sie weiter Anlaß zu Kontroversen bietet, bis heute dieses Wunderwerk an Glaubenskraft und Architektur erhalten konnte…

## INDICATIONS DE MONTAGE

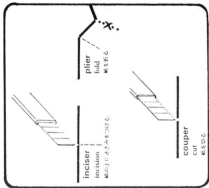

plier
fold

inciser
incision

couper
cut

— En premier, coller la base (verso de la couverture) sur un carton rigide.

— Exécuter le montage suivant l'ordre de progression des schémas 1 à 8 ci-contre en se référant aux planches indiquées.

— Au fur et à mesure des découpes préparatoires, nous vous conseillons de regrouper les pièces par famille *(par exemple tous les arcs-boutants de la nef).*

— Pour marquer les plis, utiliser de préférence le cutter en incisant très légèrement et en se servant éventuellement d'une règle pour guider le trait.

Remarquer :

pliage à l'endroit : — — —
pliage à l'envers : ····—×····

— Toutes les languettes bleues représentent des parties à coller.

## INSTRUCTIONS FOR ASSEMBLY

— First of all, glue the base (inside cover) on to a piece of stiff cardboard.

— Carry out the assembly, following the order of the photographs, 1-8, referring to the sheets indicated.

— It is recommended that all the small sections cut in advance are grouped according to relationship (e.g. all the flying buttresses of the nave).

— To facilitate folding the card, incise very lightly with the knife the lines indicated, and using a steel rule where necessary.

N.B. : inside folds : — — —
outside fold : ··—×···

— All blue tabs are for glueing.

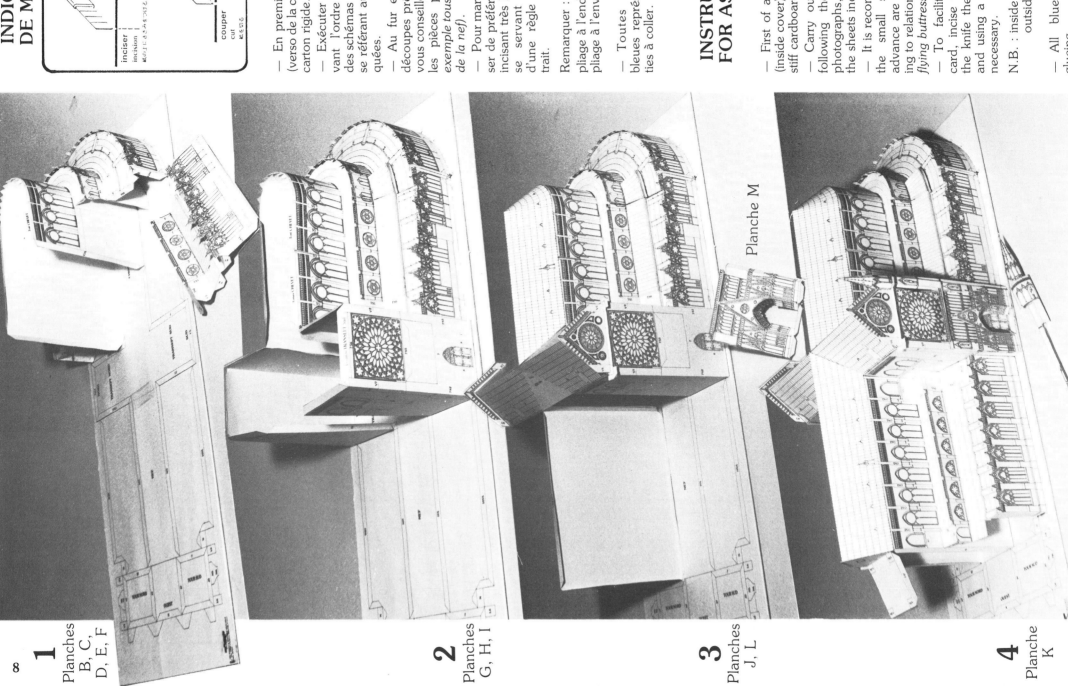

Planche M

**1**
Planches
B, C,
D, E, F

**2**
Planches
G, H, I

**3**
Planches
J, L

**4**
Planche
K

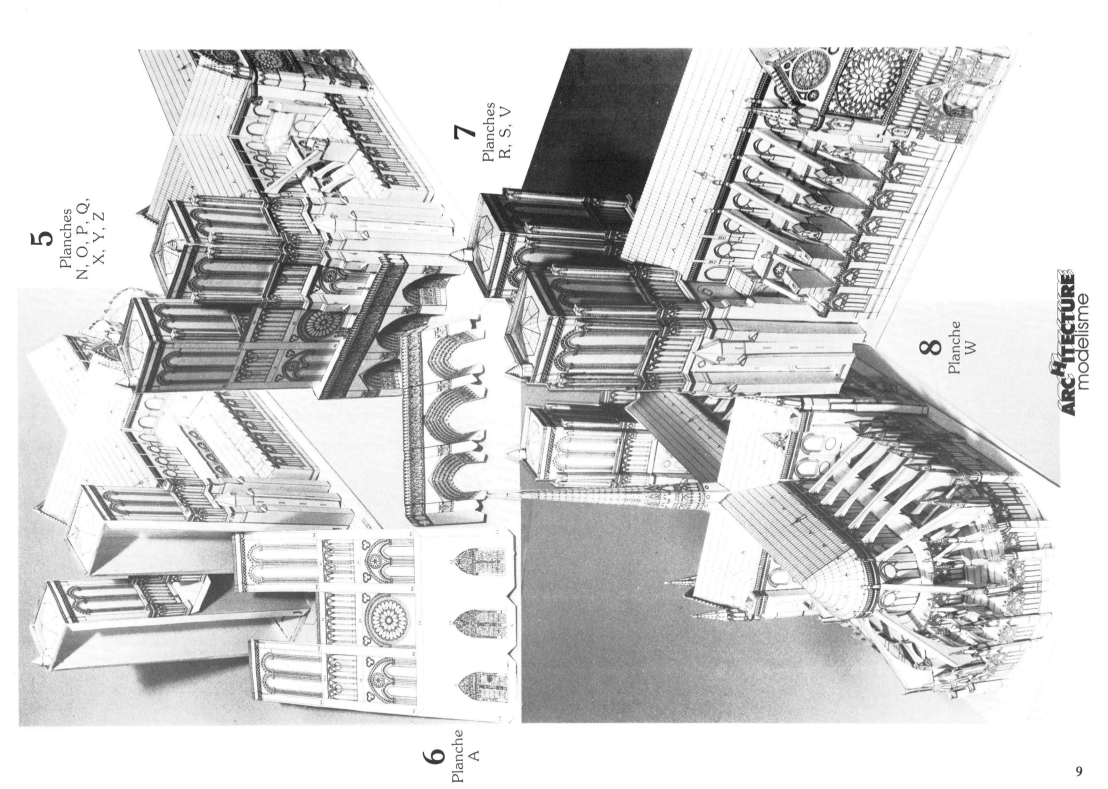

**5**
Planches
N, O, P, Q,
X, Y, Z

**6**
Planche
A

**7**
Planches
R, S, V

**8**
Planche
W

ARCHITECTURE
modelisme

9

# CONSEILS DE MONTAGE

Pour construire les maquettes de la collection « Architecture et Modélisme », les seuls **outils** nécessaires sont : de la **colle** liquide en tube (type Scotch Net par exemple), un **cutter**, un carton plat pour mettre sous les pièces à découper, un règle, éventuellement une paire de ciseaux et, bien sûr, un peu de patience.

**Il y a toujours quatre opérations successives distinctes.** Procéder toujours dans l'ordre suivant :

☐ **1)** *Traçage des plis* avec la pointe du cutter ou des ciseaux (s'exercer auparavant sur un bord des feuilles du papier).

**Attention aux deux sortes de pliage :**

— — — — Inciser au recto
et plier vers l'arrière
*Languettes bleues : plier vers l'arrière*

— × — × Inciser au verso
et plier vers soi

Pour plier à l'envers (— × —), marquer avec une pointe ou une aiguille l'extrémité des plis, retourner la feuille et tracer ainsi la rainure entre les deux points de repère au verso de la feuille.

Pour simplifier, au lieu d'inciser au verso, on peut marquer le pli avec une petite pointe émoussée (pointe de stylo à bille sans encre par exemple).

*Languettes blanches : ne pas plier.*

—O— Repères d'alignement. Percer le centre des petits cercles avec une épingle. Au verso, joindre ces deux repères par un trait de crayon qui servira de repère d'alignement pour une pièce à coller au verso.

☐ **2)** *Découpage des pièces* (ne jamais découper avant d'avoir préparé les plis).

☐ **3)** *Pliage* puis repérage des pièces entre elles.

☐ **4)** *Collage* des pièces.

Pour bien former l'arrondi de certaines pièces, assouplir le papier en le faisant glisser d'une main sur l'arête d'une table et en appuyant légèrement de l'autre pour maintenir le contact ; ou bien faire glisser le papier le long d'un crayon arrondi.

# TIPS FOR ASSEMBLY

☐ **Tools and materials :** a pair of scissors or better still an X-acto knife, a steel ruler for use with the knife, a needle, a tube of white glue, and a little patience !

☐ **Before starting**, examine carefully the drawings and the assembly illustrations.

☐ **Scoring :** to make the folds, you can use a ballpoint pen, the dull edge of a pair of scissors or your X-acto knife. Start by lightly scoring with the knife the lines to be folded (dotted lines). Use a steel ruler where necessary.

**They are two ways to score :**

— — — — Score on front
and fold back
*Blue tabs : fold backs*

— × — × Score on back
and fold inwards

Reverse scores can be made by lining up a ruler along the score mark and pricking the paper at both ends of the line, using the point of your X-acto or a needle ; then turn the sheet over, use the ruler to line up the two marks, and make the score line.

*White tabs : do not fold.*

—O— Score marks. Prick the centre of the circle with a needle. Turn the sheet over, use a ruler to line up the two marks. This line will be used as alignment points for the gluing of other pieces.

At times it may help to form a curve by rolling the paper around a pencil or a suitably sized cylinder.

Score each piece before cutting.

☐ **Cutting :** if you use a cutter, put cardboard under the sheets to be cut. After cutting each piece, fold along score lines.

☐ **Glueing :** before you glue a piece check its alignment with other pieces. Examine the drawings or the photographs of the model before starting each section.

Always proceed in the following order :
1) Scoring of folds.
2) Cutting out of pieces.
3) Folding.
4) Glueing (use white transparent glue, such as Scotch Net).

# ANLEITUNGEN ZUR RICHTIGEN MONTAGE

Zum Bau der Modelle aus der Kollektion « Architecture et Modélisme », braucht man als **Hilfsmittel** : flüssigen **Klebstoff** aus der Tube, ein **Papiermesser**, ein Lineal, eventuel eine Schere, eine kleine Stecknadel und natürlich etwas Geduld... Bevor Sie beginnen, sollten Sie sich das Vergnügen machen, die Feinheiten der Zeichnungen und die Originalität der Architektur genau zu betrachten. Dann sehen Sie sich aufmerksam das Schema und die Anleitungen zum Aufbau an. Es handelt sich immer um drei unterschiedliche Arbeitsvorgänge.

☐ **Das Faltenritzen und Falten**. Um die Falten zu markieren, können Sie die Spitze einer Schere oder eines leeren Kugelschreibers benutzen, oder, was noch deutlichere Falten gibt, die Klinge eines Papiermessers, mit der Sie leicht in die Oberfläche des Papiers einschneiden (probieren Sie es vorher am Rand des Blattes). Um den Strich gerade zu ziehen, können Sie ein Lineal zur Hilfe nehmen.

**Beachten Sie, daß es zwei Faltmöglichkeiten gibt :**

— — — —• Auf der Vorderseite ritzen
und nach hinten falzen
*Blaue Laschen : nach hinten falzen*

— × — × Auf der Rückseite ritzen
und nach vorne falzen

Wenn Sie von der hinteren Seite falten, markieren Sie mit einer Spitze oder einer Nadel das äußere Ende der Falten, drehen Sie das Blatt Papier um und zeichnen Sie sodann die Faltlinie zwischen den beiden Orientierungspunkten auf der Rückseite des Blattes ein.

*Weiße Laschen : nicht falzen.*

—O— Markierungspunkte. Mit einer Nadel in die Mitte des kleinen Kreises stechen und auf der Rückseite mit einem Bleistift einen Strich in Linienrichtung zeichnen.

Um in manchen Fällen eine runde Form für besondere Teile (Türme, Dächer) zu erhalten, benutzen Sie einen zylindrischen Gegenstand (einen Bleistift), damit Sie diese Form gewinnen.

☐ **Das Ausschneiden** der Teile läßt sich am besten mit einem Papiermesser ausführen, wobei man eine Pappe unter die auszuschneidenden Teile legt. Schneiden Sie sehr sorgfältig aus, so daß sich beim Zusammenbau die Teile gut aneinanderfügen lassen.

☐ **Das Kleben**. Wir empfehlen Ihnen flüssigen Kleber in der Tube. Bevor Sie ein Teil kleben, überprüfen Sie, ob die Position und der Ansatz an andere Teile stimmen. Verteilen Sie den Klebstoff auf der ganzen Oberfläche der Laschen.

In nachstehender Reihenfolge vorgehen :
1) Die Falten ritzen (mit der Spitze eines Schneidmessers oder einer Schere zum Beispiel).
2) Die Teile ausschneiden.
3) Falzen.
4) Kleben (wir empfehlen einen nicht fließenden Transparentkleber).

# CONSIGLI DI MONTAGGIO

Per costruire i plastici della collezione « Architecture et Modelisme », i soli **attrezzi** necessari sono : della **colla** liquida in tubo (tipo Scotch Net per esempio), un **cutter**, un cartoncino per deporvi le parti da tagliare, una riga, eventualmente un paio di forbici e, naturalmente, un po' di pazienza.

**Esistono sempre quattro operazioni successive distinte.** Procedere sempre nell'ordine seguente :

☐ **1)** *Tracciatura delle pieghe* con la punta del cutter o delle forbici (esercitarsi prima sul bordo di fogli di carta).

**Attenzione ai due tipi di piegatura :**

— — — — Incidere al recto
e piegare verso l'esterno
*Linguette blu : piegare verso l'esterno*

— × — × Incidere a tergo
e piegare verso di sé

Per piegare al roverscio (— × —), segnare con una punta o un ago l'estremità della piega, capovolgere il foglio e tracciare la scanalatura tra i due punti di riferimento a tergo del foglio.

Per simplificare, invece d'incidere a tergo, si può segnare la piega con una piccola punta smussata (punta di una penna a safera senza inchiostro per esempio).

*Linguette bianche : non piegare.*

—O— Riferimento di allineamento. Bucare il centro dei piccoli cerchi con un ago. A tergo, congiungere questi due riferimenti con un tratto a matita che servirà a sua volta di riferimento d'allineamento per una parte da incollare a tergo.

☐ **2)** *Taglio delle parti*
(non tagliare mai prima di aver preparato le pieghe).

☐ **3)** *Piegatura*
poi individuazione delle parti tra loro.

☐ **4)** *Collaggio* delle parti.

Per formare bene la curvatura delle torri, ammorbidire la carta facendola scivolare con una mano sullo spigolo di una tavola e appoggiando leggermente con l'altra per mantenere il contatto.

FAÇADE et portail Ouest

# PLANCHE B
### (Sheet B)

EN

FN 1

ES

F2

ES1

02    02    02    02

TN2

02    02    02    02

EN2

TN1

FN1

TS2

TS1

F 2

ES2

R3

TN6

FN1

F2

TS6

R2

EN3

TN5   KN1

FN1

KS1   TS5

F2

ES3

03    03    03    00    KN2

KS2    03    03

G1

G2

**Bas-côté Nord CHEVET**

**Bas-côté Sud CHEVET**

**Façade inférieure ABSIDE**

AS

Ⓐ

AN

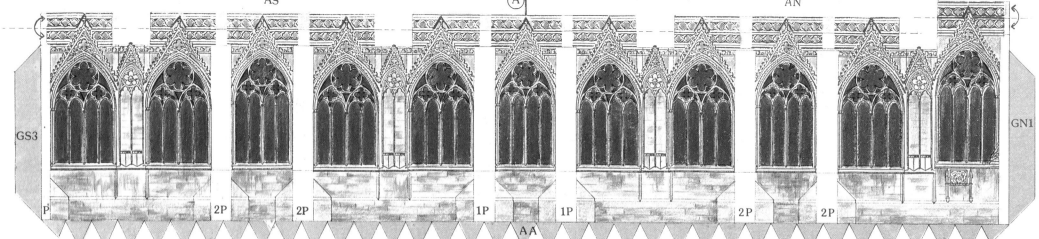

GS3

GN1

P     2P    2P     1P    1P     2P    2P

AA

# PLANCHE C
## (Sheet C)

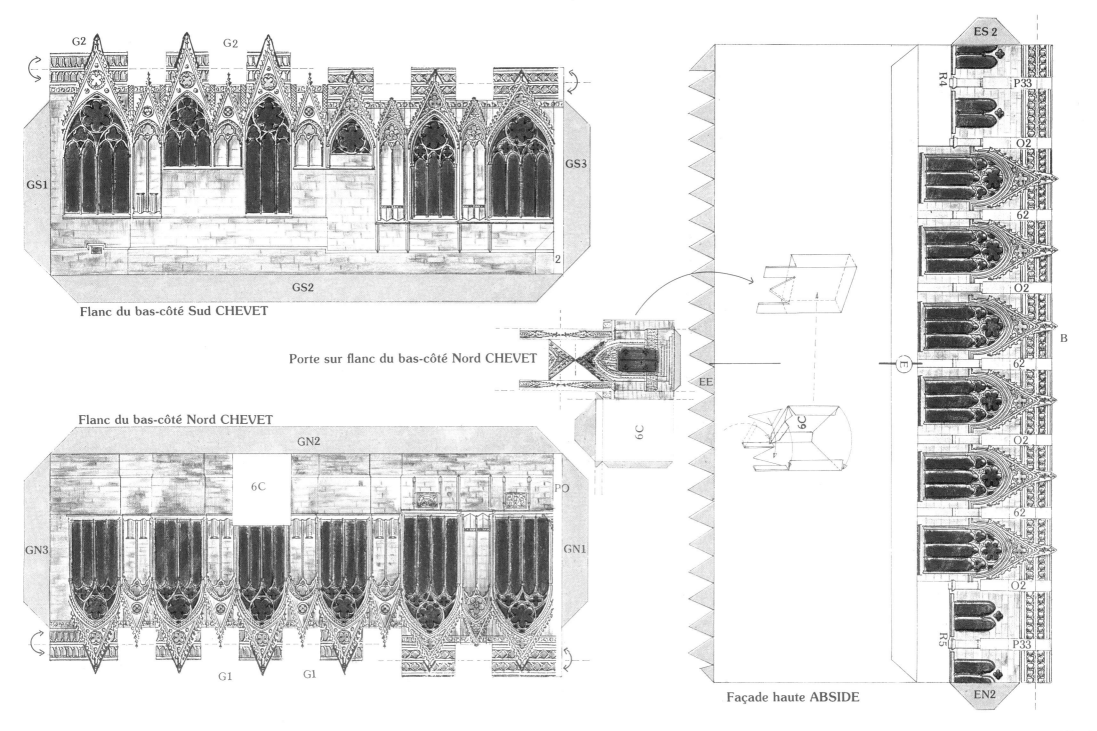

G2  G2

GS3

GS1

2

GS2

**Flanc du bas-côté Sud CHEVET**

**Porte sur flanc du bas-côté Nord CHEVET**

**Flanc du bas-côté Nord CHEVET**

GN2

6C

PO

GN3

GN1

G1  G1

6C

EE

6C

ES 2

R4

P33

O2

62

O2

62

B

E

62

O2

62

O2

R5

P33

EN2

**Façade haute ABSIDE**

15

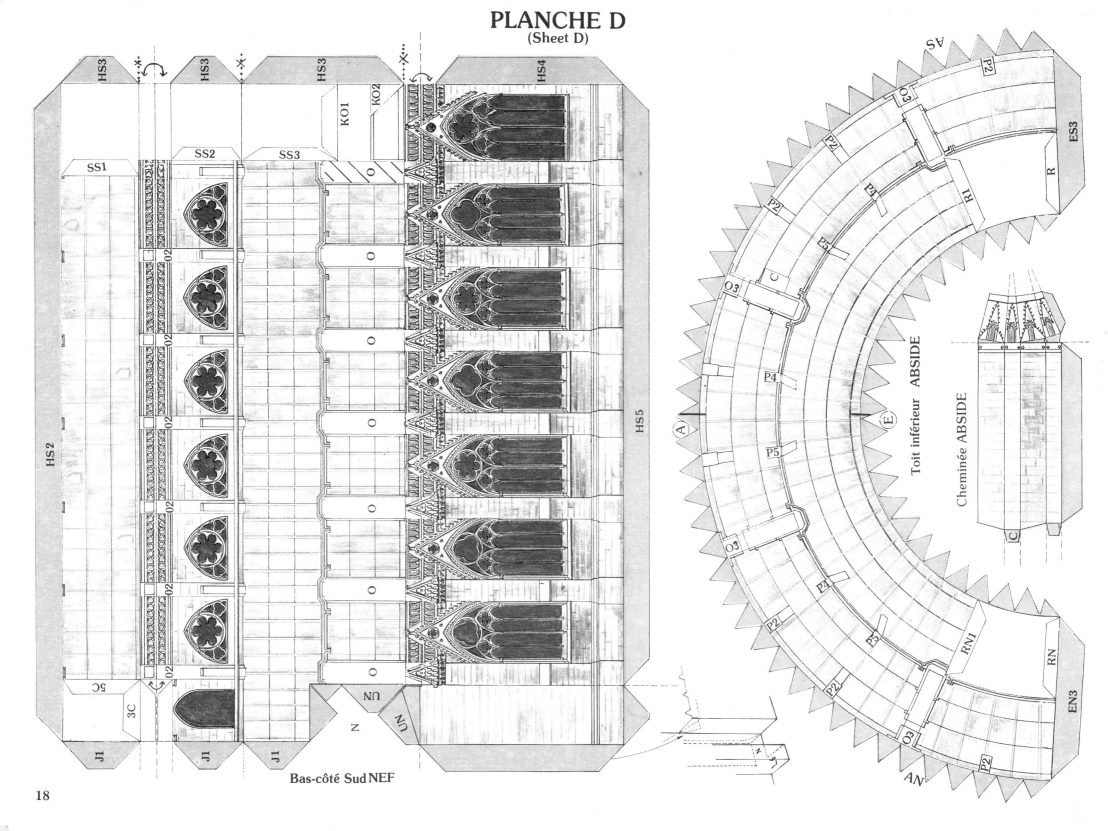

# PLANCHE D
## (Sheet D)

Bas-côté Sud NEF

Toit inférieur ABSIDE

Cheminée ABSIDE

18

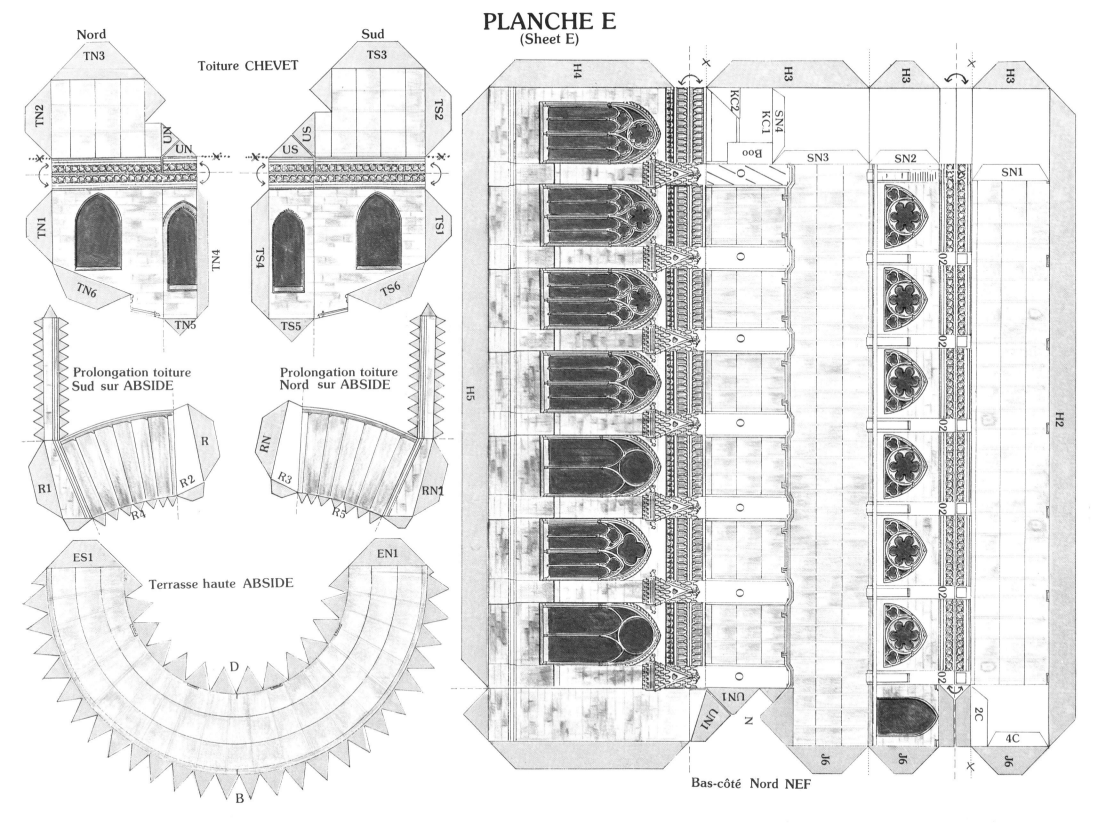

# PLANCHE E
## (Sheet E)

Nord

Sud

Toiture CHEVET

TN3

TS3

TN2

TS2

TN1

TS1

TN6

TS6

TN5

TS5

TN4

TS4

UN

US

Prolongation toiture
Sud sur ABSIDE

Prolongation toiture
Nord sur ABSIDE

R

RN

R1

R2

R3

RN1

R4

R5

ES1

EN1

Terrasse haute ABSIDE

D

B

H4

H3

H3

H3

H5

H2

KC2

KC1

SN4

Boo

SN3

SN2

SN1

02

UN1

N

J6

J6

2C

4C

J6

Bas-côté Nord NEF

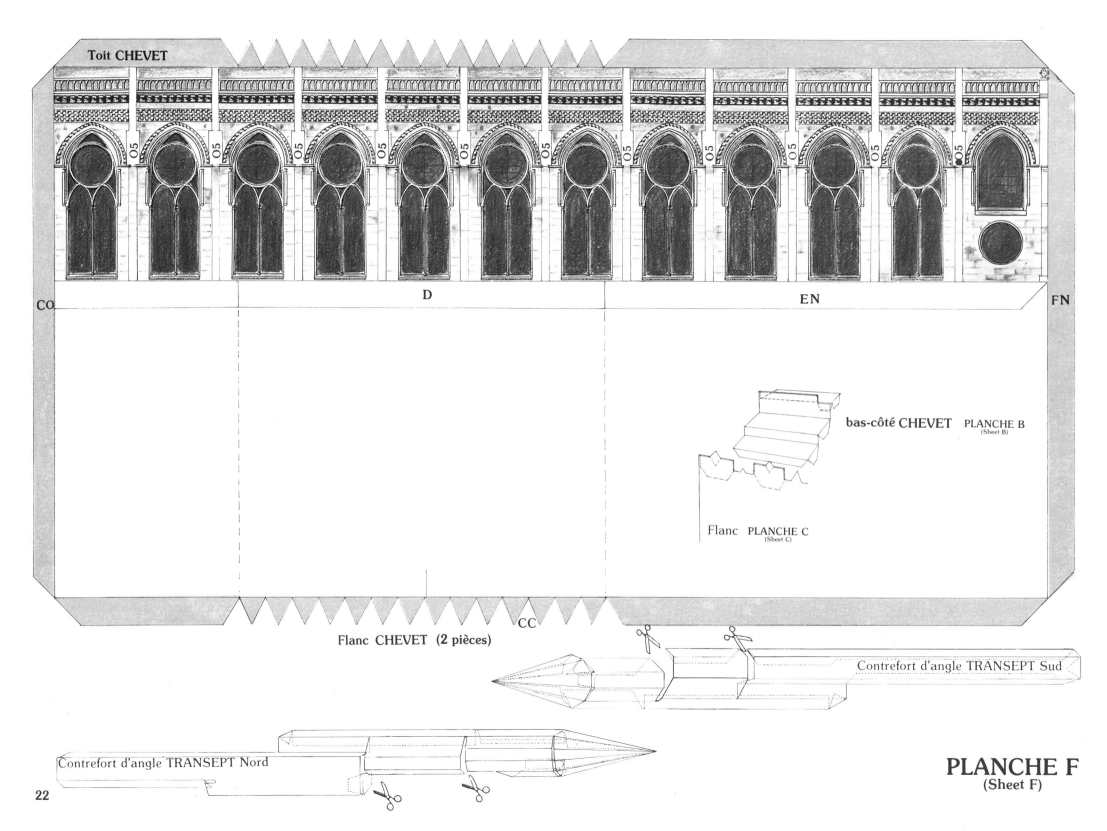

Toit CHEVET

O5 O5 O5 O5 O5 O5 O5 O5 O5 O5 O5

CO D EN FN

bas-côté CHEVET   PLANCHE B
(Sheet B)

Flanc PLANCHE C
(Sheet C)

CC

Flanc CHEVET  (2 pièces)

Contrefort d'angle TRANSEPT Sud

Contrefort d'angle TRANSEPT Nord

**PLANCHE F**
(Sheet F)

22

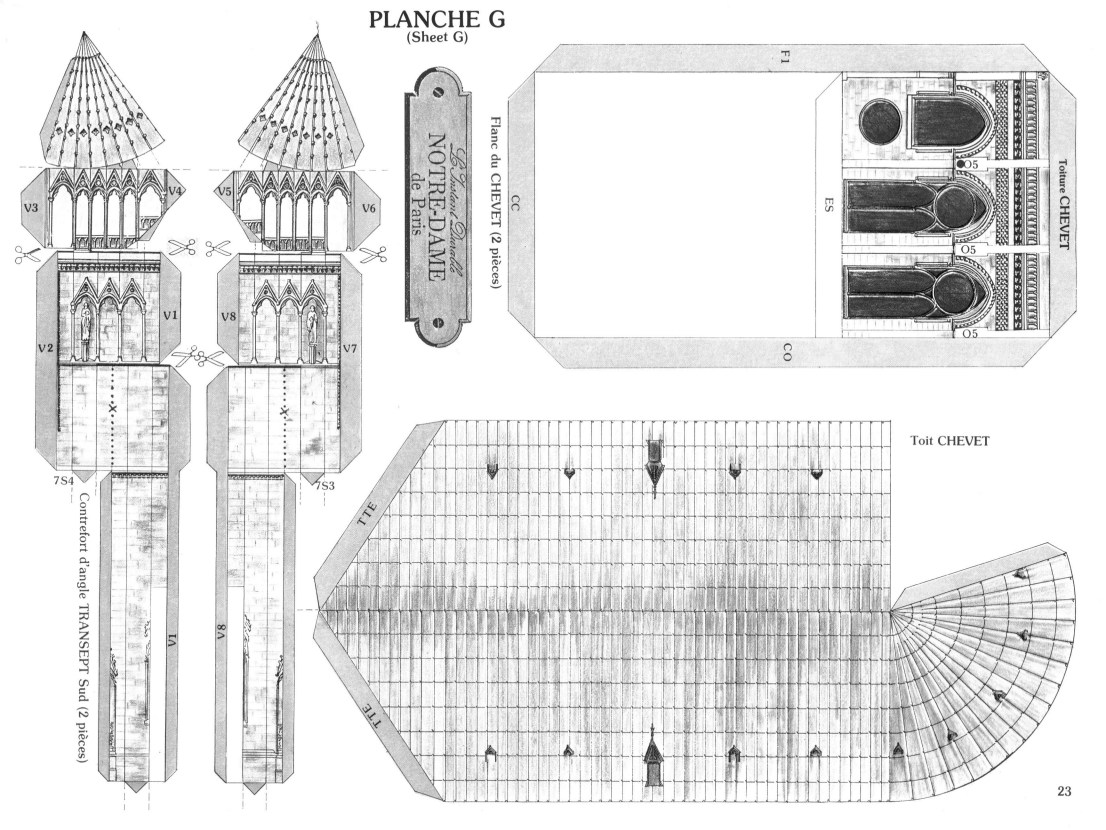

# PLANCHE G
## (Sheet G)

*L'Instant Durable*
### NOTRE-DAME
de Paris

Flanc du CHEVET (2 pièces)

Toiture CHEVET

Toit CHEVET

Contrefort d'angle TRANSEPT Sud (2 pièces)

V3 · V4 · V5 · V6 · V1 · V8 · V2 · V7

7S4 · 7S3

F1 · CC · ES · CO · O5

TTE

23

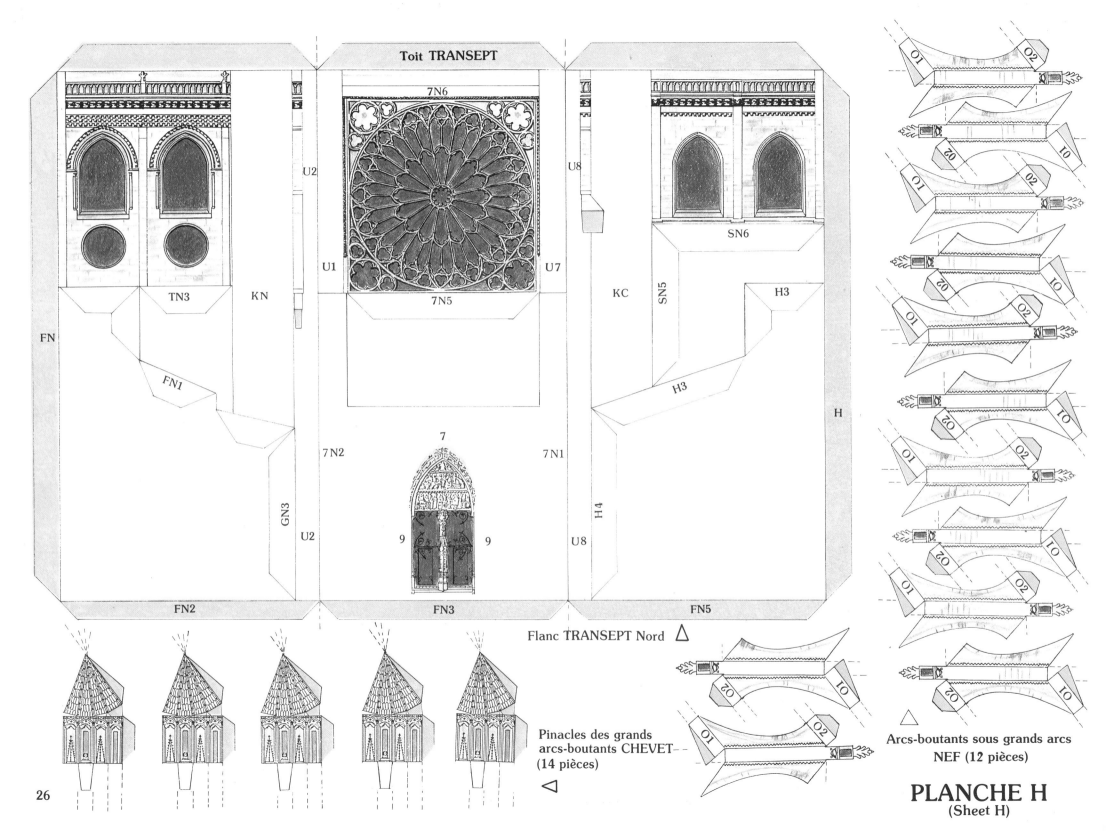

Toit TRANSEPT

7N6

U2

U8

U1          U7

TN3     KN          7N5          KC     SN5     H3

SN6

FN

FN1          H3

H

7 N2          7          7 N1

GN3

U2          9          9          H4          U8

FN2          FN3          FN5

Flanc TRANSEPT Nord △

Pinacles des grands
arcs-boutants CHEVET
(14 pièces)

△

Arcs-boutants sous grands arcs
NEF (12 pièces)

△

**PLANCHE H**
(Sheet H)

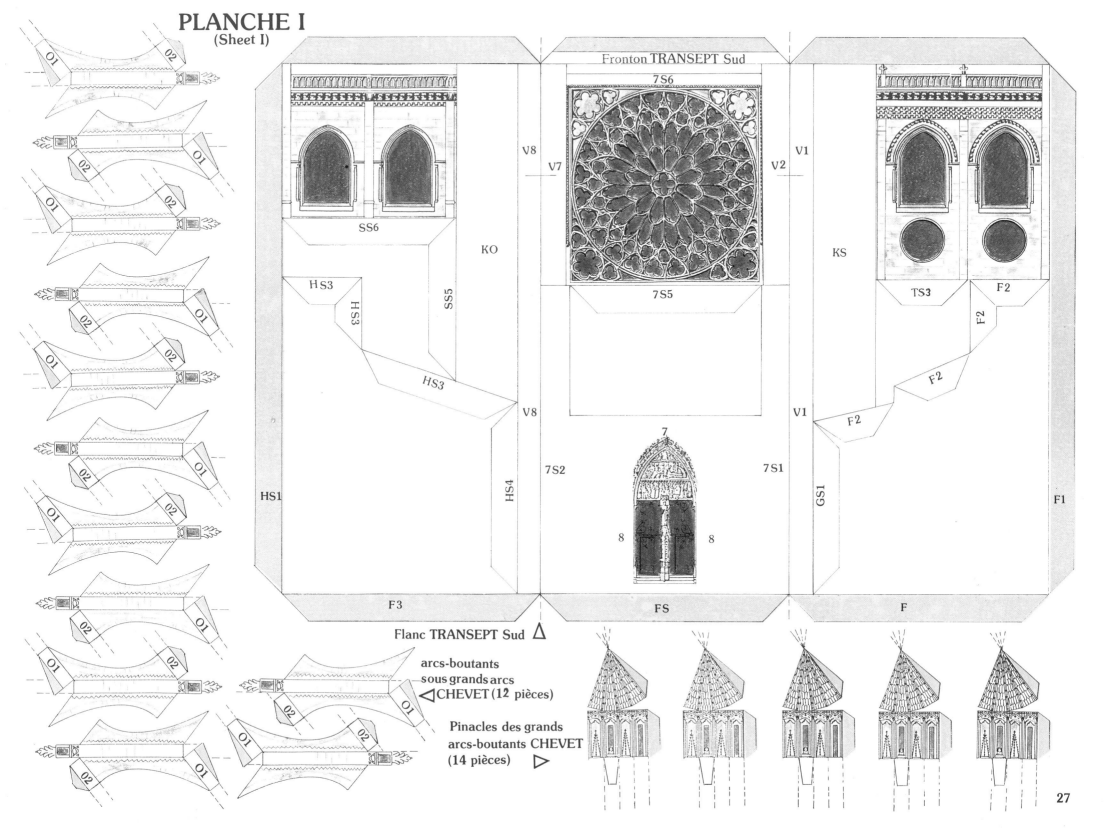

# PLANCHE I
### (Sheet I)

O1
O2

Fronton TRANSEPT Sud

7S6

SS6

V8
V7
V2
V1

KO
KS

TS3
F2

7S5

HS3
HS3
HS3
SS5
F2

V8
V1
F2

7S2
7S1
F2

7
HS4
GS1

HS1
8 8
F1

F3
FS
F

Flanc TRANSEPT Sud △

arcs-boutants
sous grands arcs
◁ CHEVET (12 pièces)

Pinacles des grands
arcs-boutants CHEVET
(14 pièces) ▷

27

# PLANCHE J
## (Sheet J)

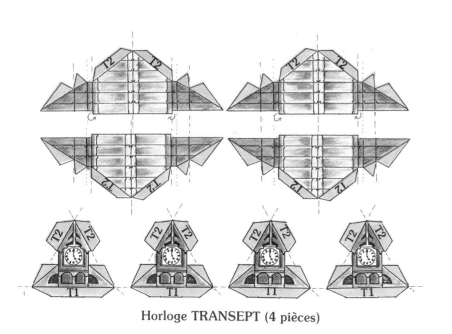

Horloge TRANSEPT (4 pièces)

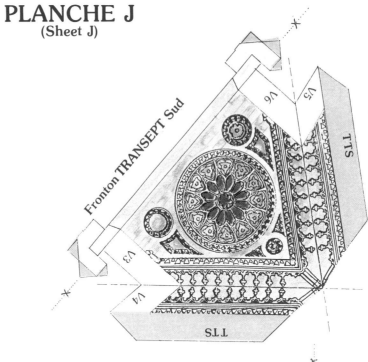

Fronton TRANSEPT Sud

TTS

TTS

V6

V5

V3

V4

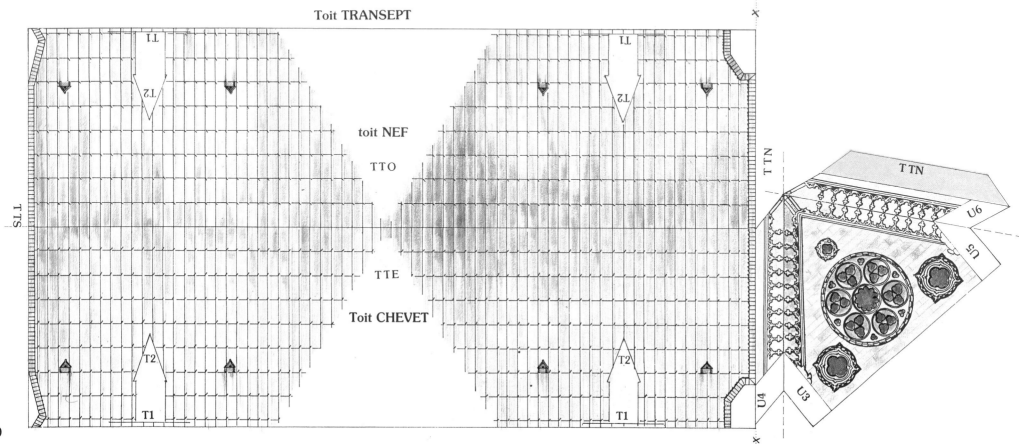

Toit TRANSEPT

toit NEF

TTO

TTE

Toit CHEVET

TTS

TTN

TTN

T1

T2

T1

T2

T1

T2

T1

U6

U5

U3

U4

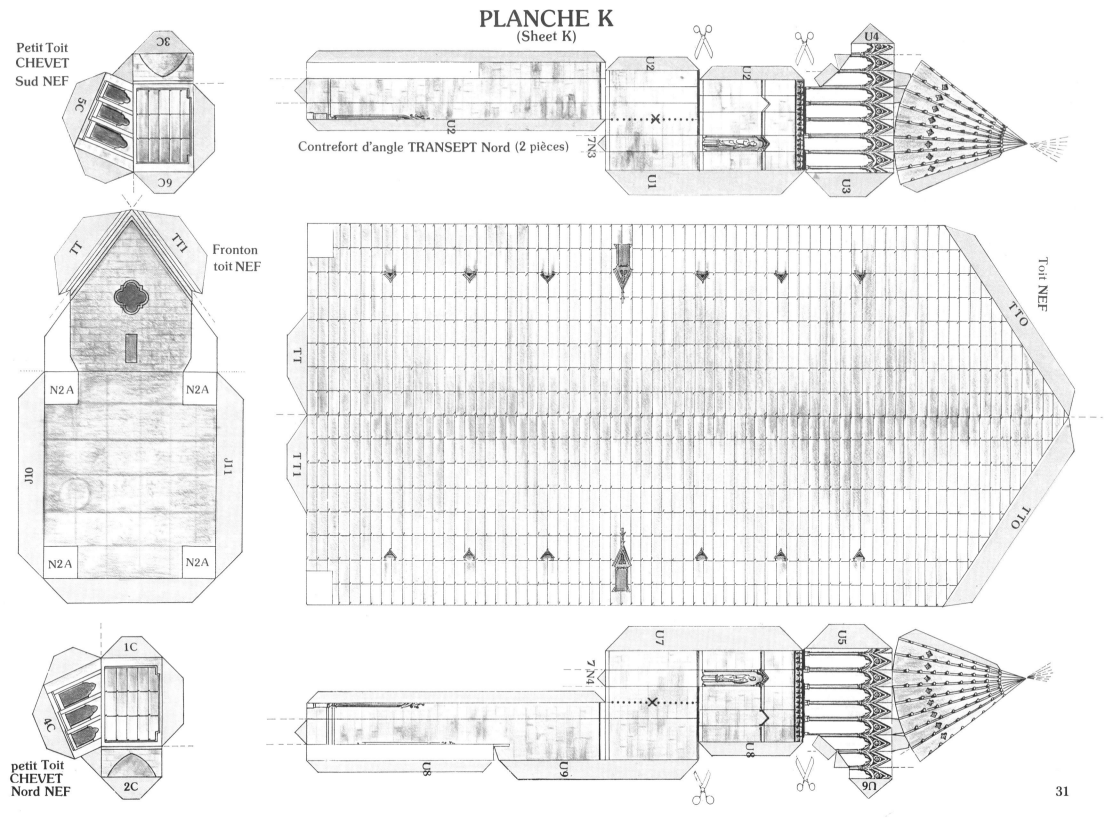

# PLANCHE K
## (Sheet K)

Petit Toit
CHEVET
Sud NEF

Contrefort d'angle TRANSEPT Nord (2 pièces)

Fronton
toit NEF

Toit NEF

petit Toit
CHEVET
Nord NEF

31

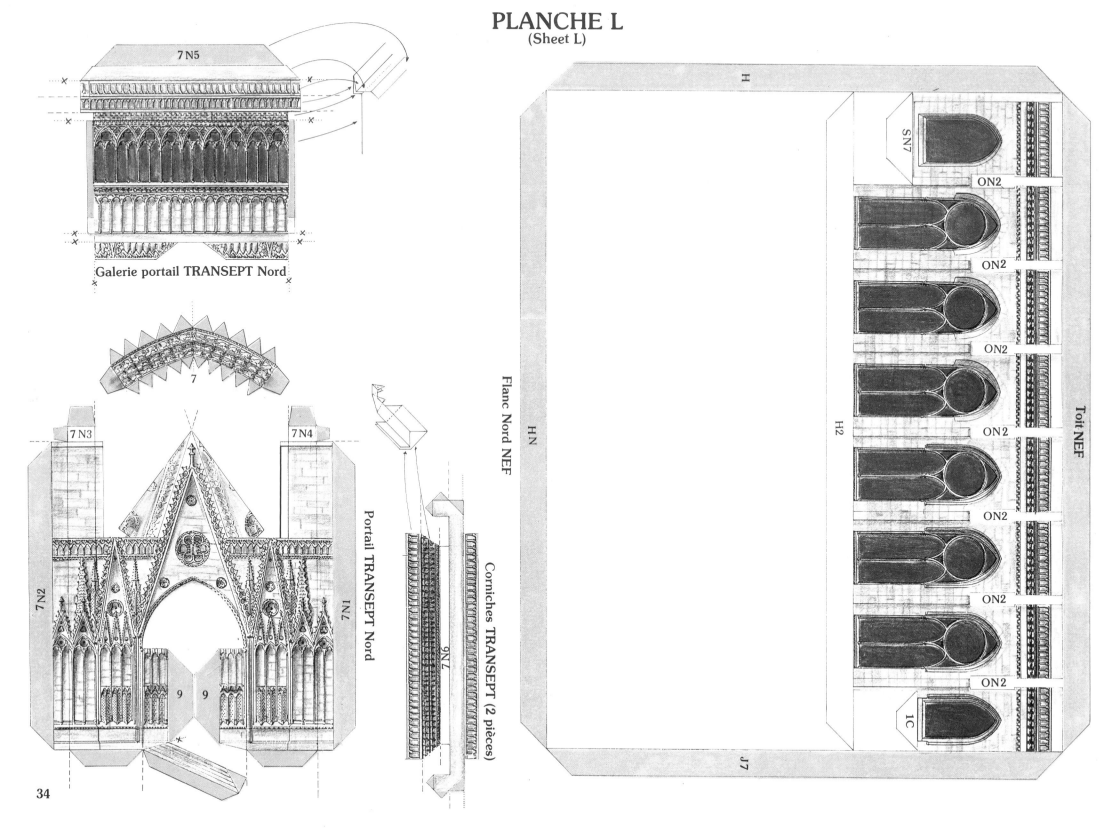

7 N5

Galerie portail TRANSEPT Nord

7

7 N3

7 N4

7 N2

7 N1

9 9

Portail TRANSEPT Nord

7 N6

Corniches TRANSEPT (2 pièces)

Flanc Nord NEF

H

H N

H2

J7

SN7

ON2

ON2

ON2

ON2

ON2

ON2

ON2

ON2

1C

Toit NEF

34

# PLANCHE M
## (Sheet M)

7S5

Corniches TRANSEPT (2 pièces)

7S6

Galerie portail TRANSEPT Sud ×

7

Portail TRANSEPT Sud

7S3

7S4

7S2

7S1

8  8

Flanc Sud NEF

J2

9C

OS2

OS2

OS2

OS2

OS2

OS2

OS2

OS2

OS2

SS7

HS

HS2

HS1

Toiture NEF

35

TOUR Nord

Façade

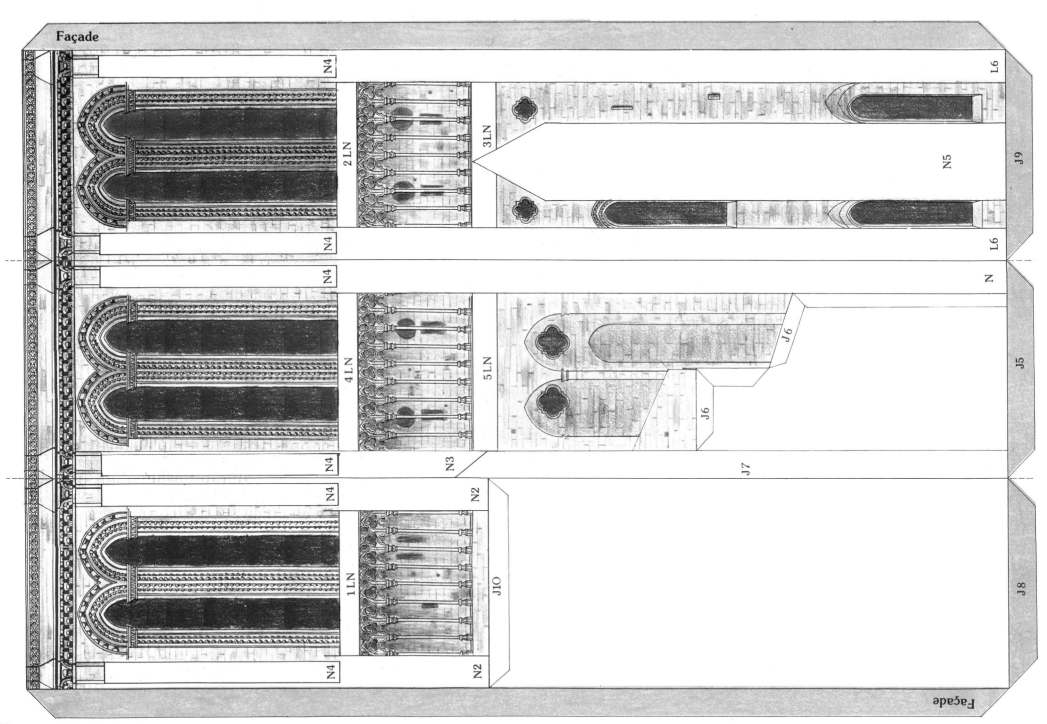

N4

L9

2LN

3LN

N5

J9

N4

L6

N4

N

4LN

5LN

J6

J5

J6

N3

J7

N4

N4

N2

1LN

J1O

N2

J8

Façade

**TOUR Sud**

Façade

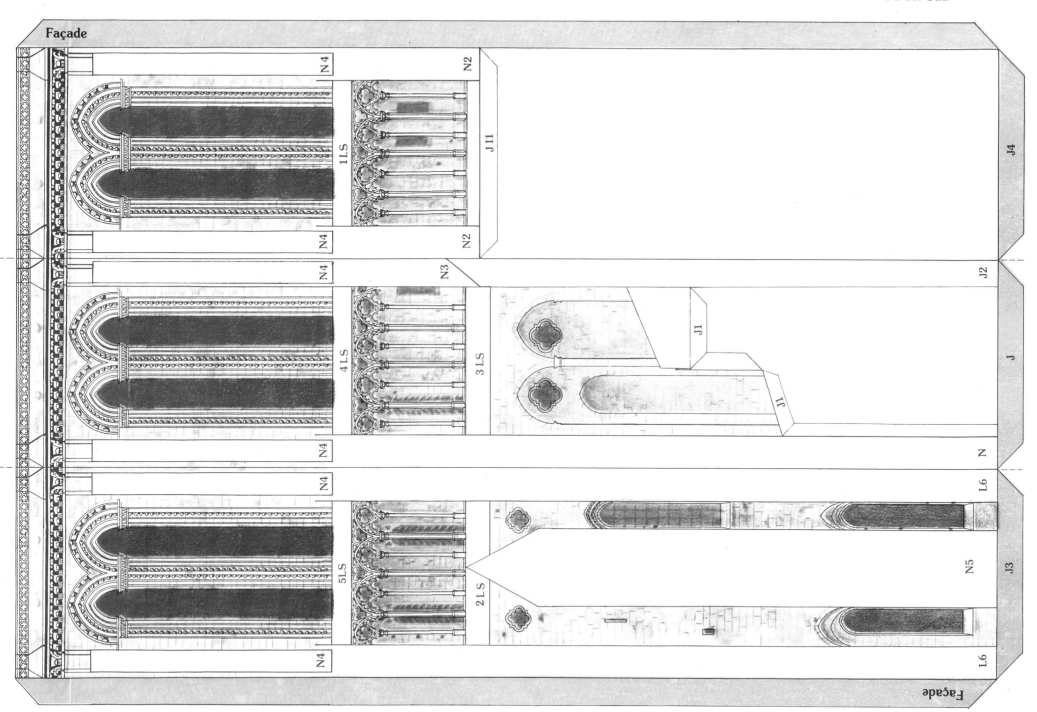

N 4

N2

1LS

J I1

J4

N 4

N2

N 4

N3

J2

4 LS

3 LS

J1

J

J1

N 4

N

L6

N 4

5LS

2 LS

N5

J3

N 4

L6

Façade

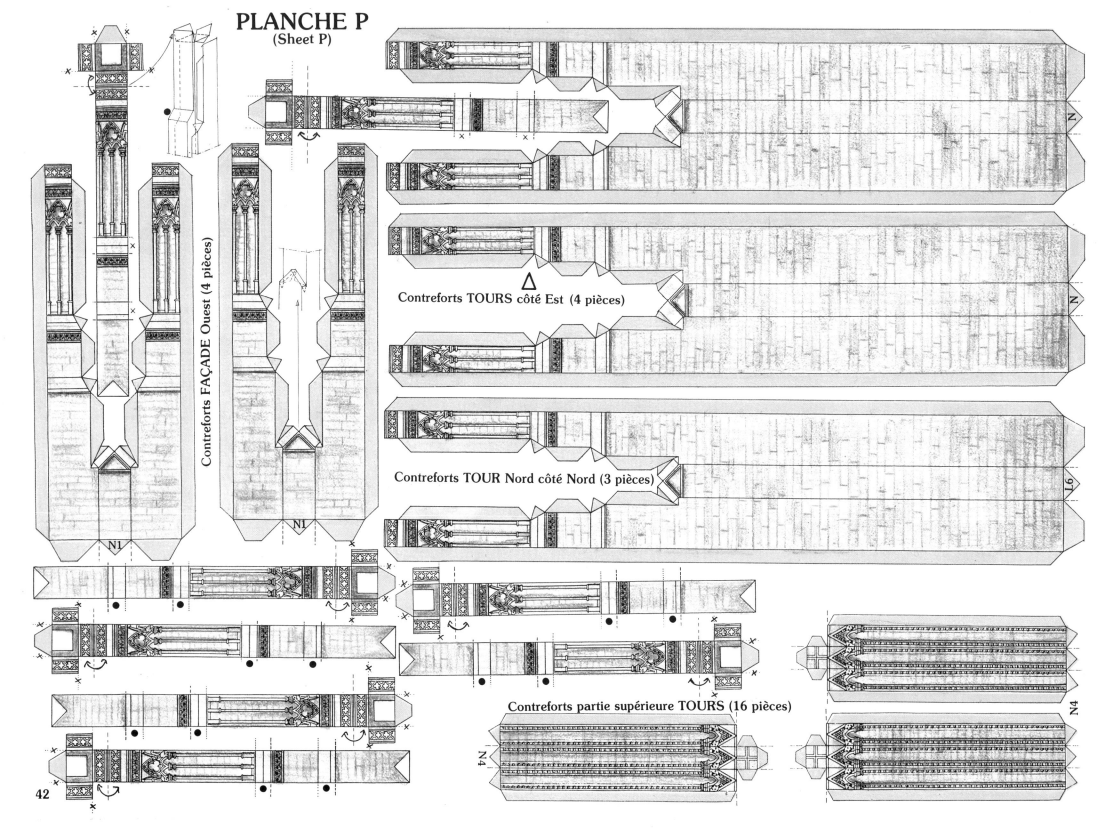

# PLANCHE P
## (Sheet P)

Contreforts FAÇADE Ouest (4 pièces)

N1

Contreforts TOURS côté Est (4 pièces)

Contreforts TOUR Nord côté Nord (3 pièces)

Contreforts partie supérieure TOURS (16 pièces)

N1

N4

42

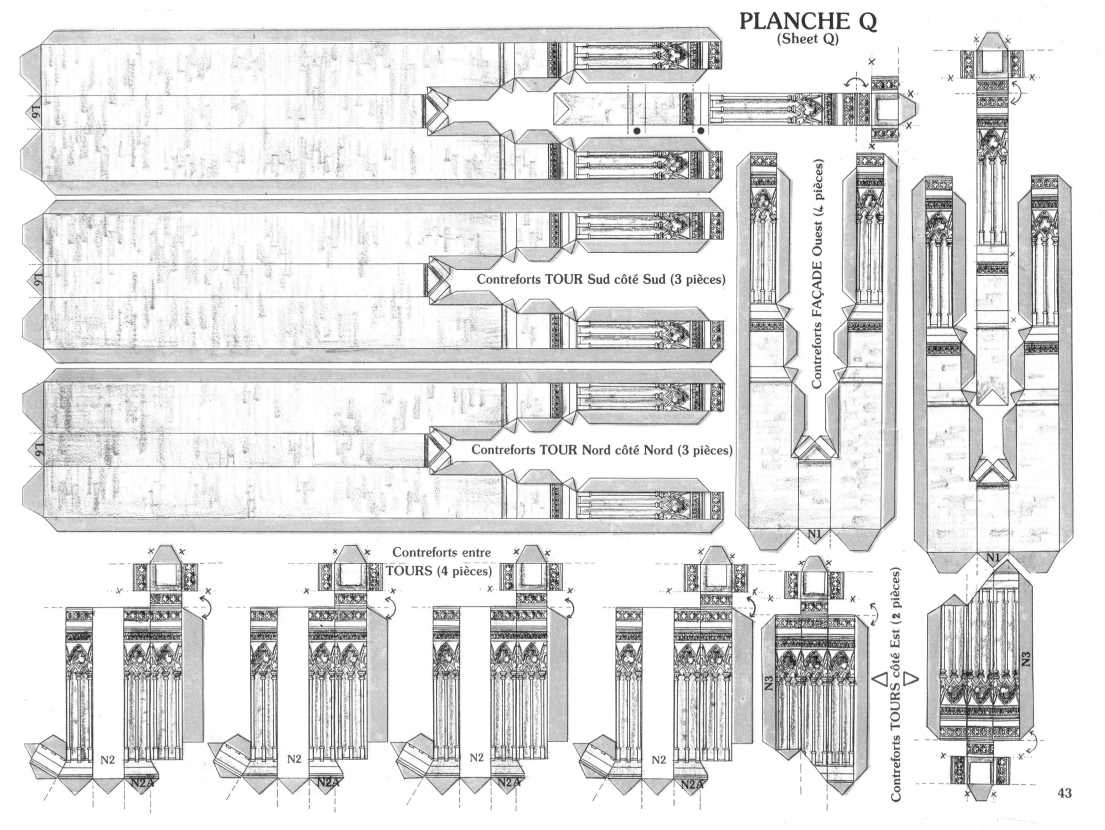

PLANCHE Q
(Sheet Q)

L6

L6

Contreforts TOUR Sud côté Sud (3 pièces)

L6

Contreforts TOUR Nord côté Nord (3 pièces)

Contreforts FAÇADE Ouest (4 pièces)

N1

N1

Contreforts entre
TOURS (4 pièces)

N2

N2A

N2

N2A

N2

N2A

N2

N2A

N3

N3

Contreforts TOURS côté Est (2 pièces)

43

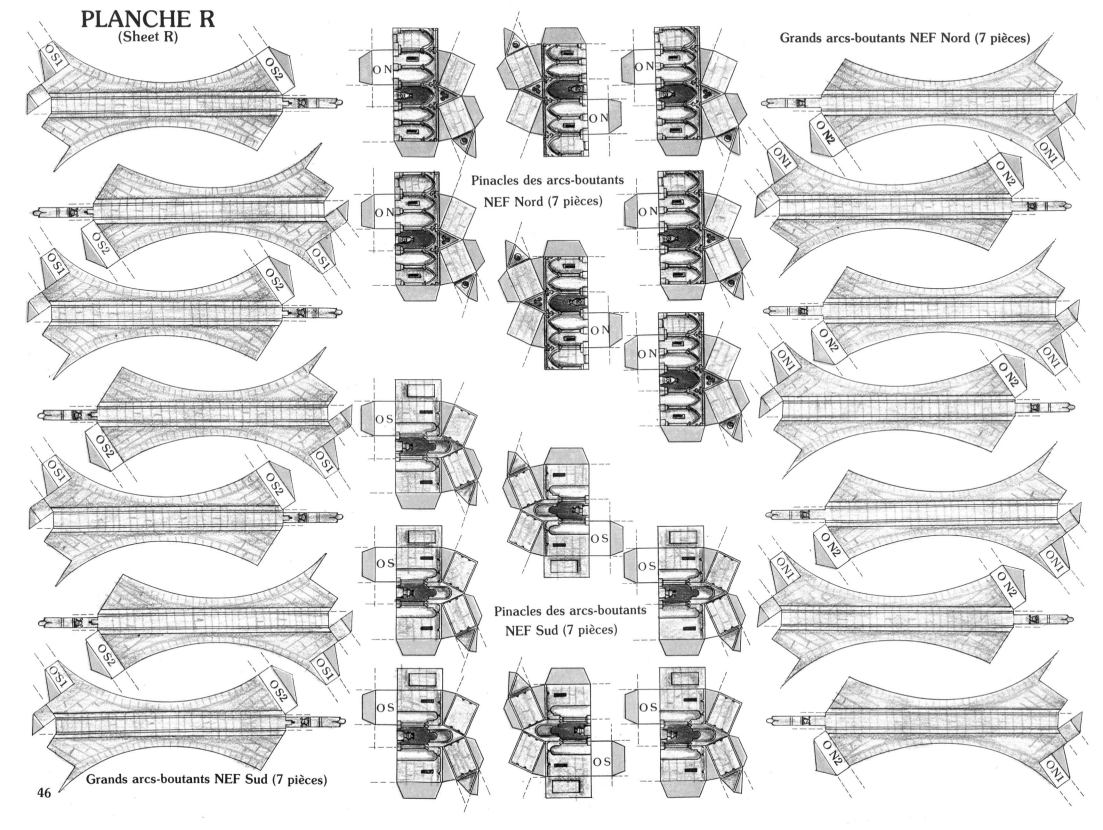

# PLANCHE R
(Sheet R)

Grands arcs-boutants NEF Nord (7 pièces)

Pinacles des arcs-boutants
NEF Nord (7 pièces)

Pinacles des arcs-boutants
NEF Sud (7 pièces)

Grands arcs-boutants NEF Sud (7 pièces)

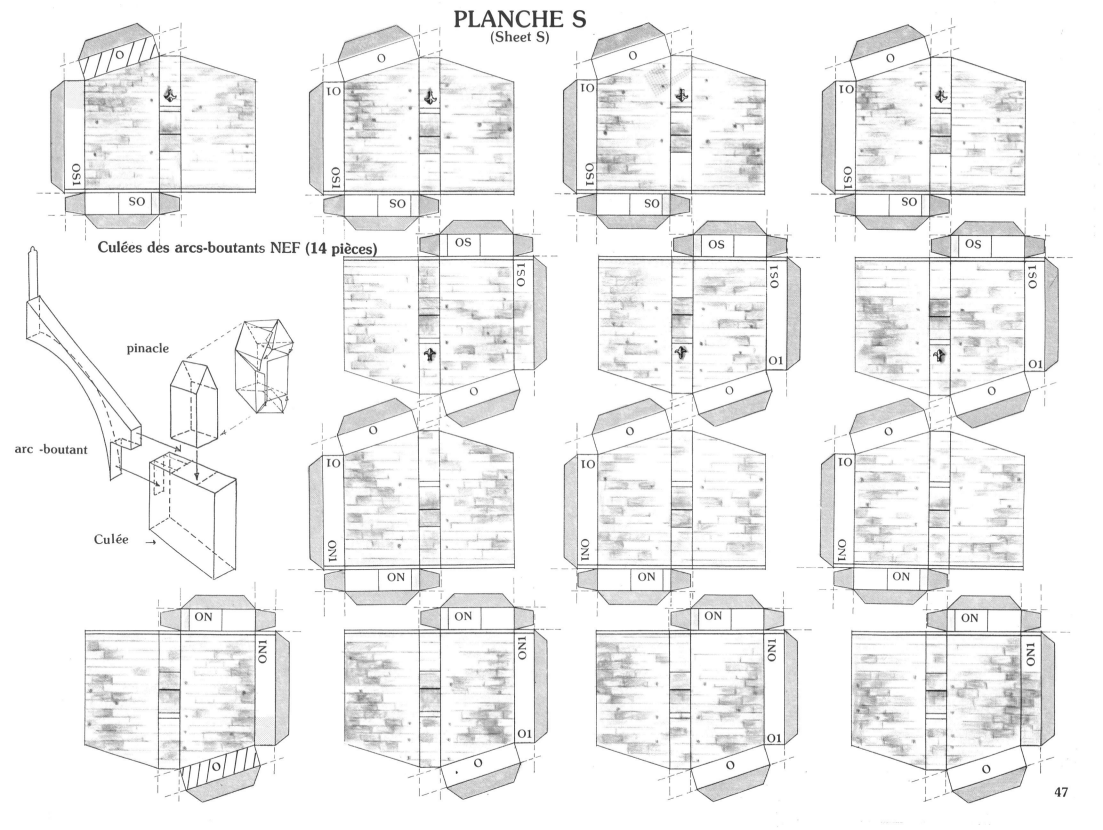

**Culées des arcs-boutants NEF (14 pièces)**

pinacle

arc -boutant

Culée →

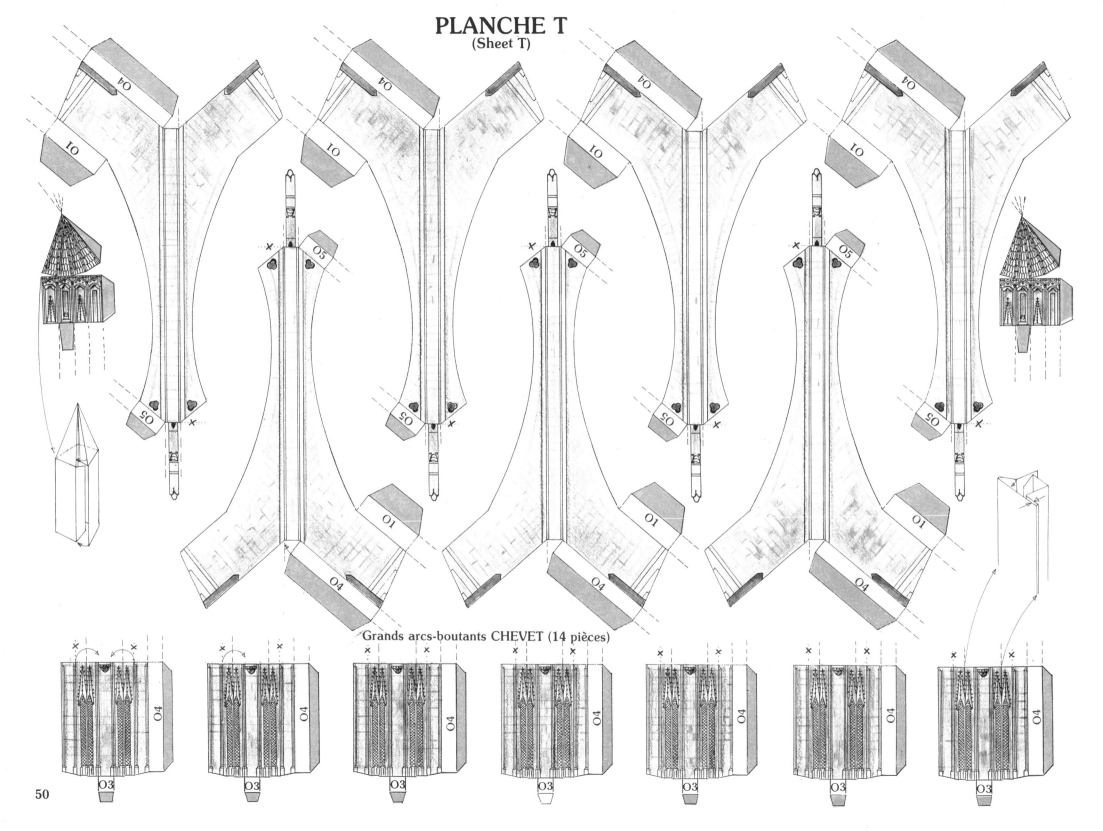

# PLANCHE T
## (Sheet T)

Grands arcs-boutants CHEVET (14 pièces)

50

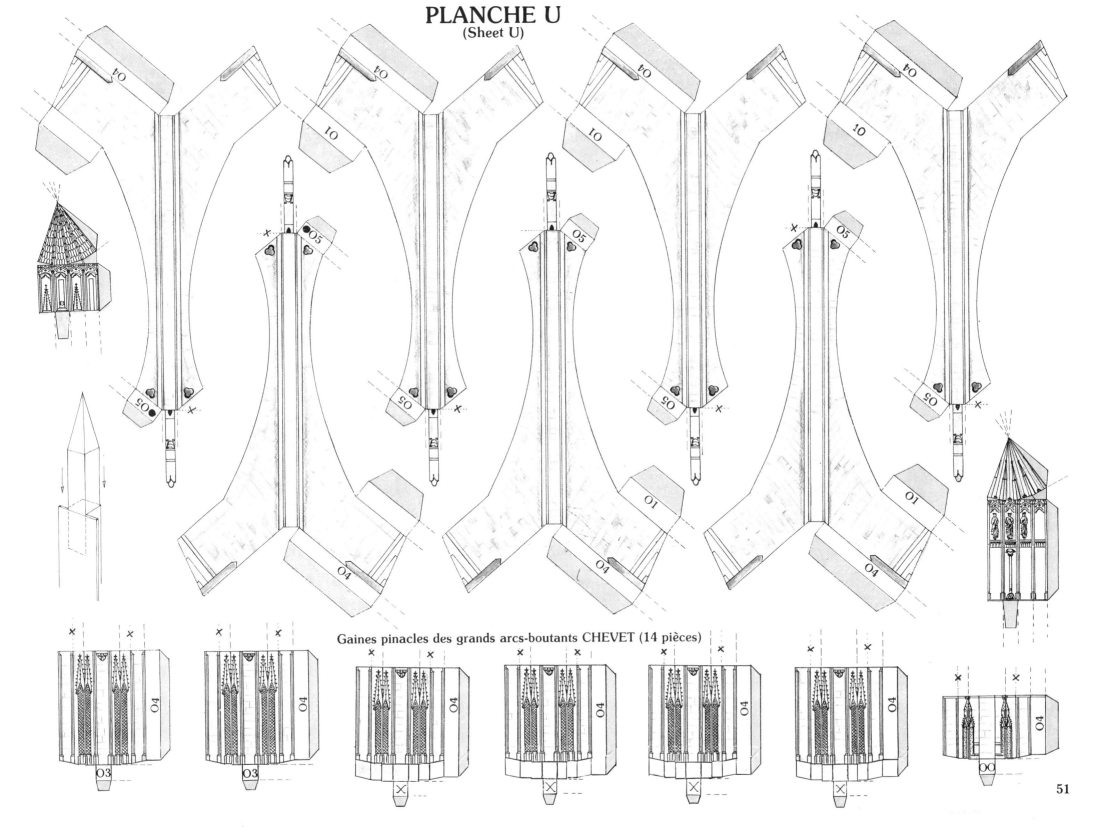

Gaines pinacles des grands arcs-boutants CHEVET (14 pièces)

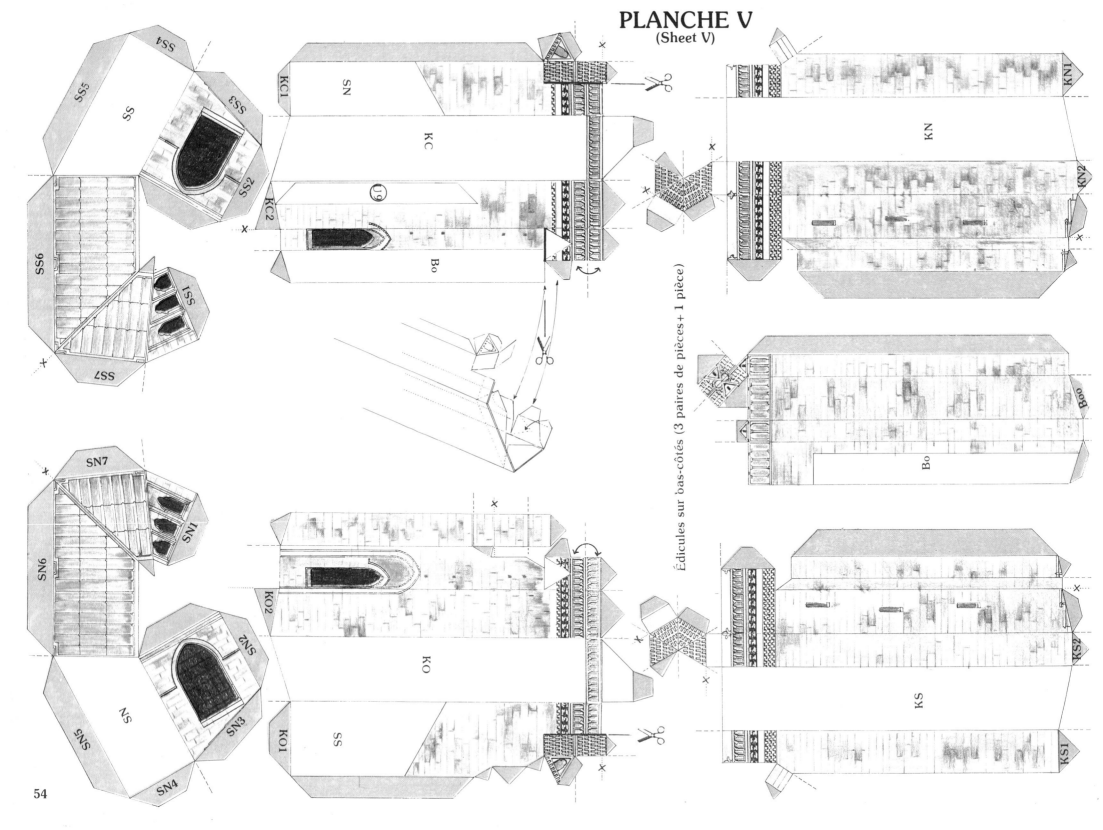

PLANCHE V
(Sheet V)

Édicules sur bas-côtés (3 paires de pièces+ 1 pièce)

54

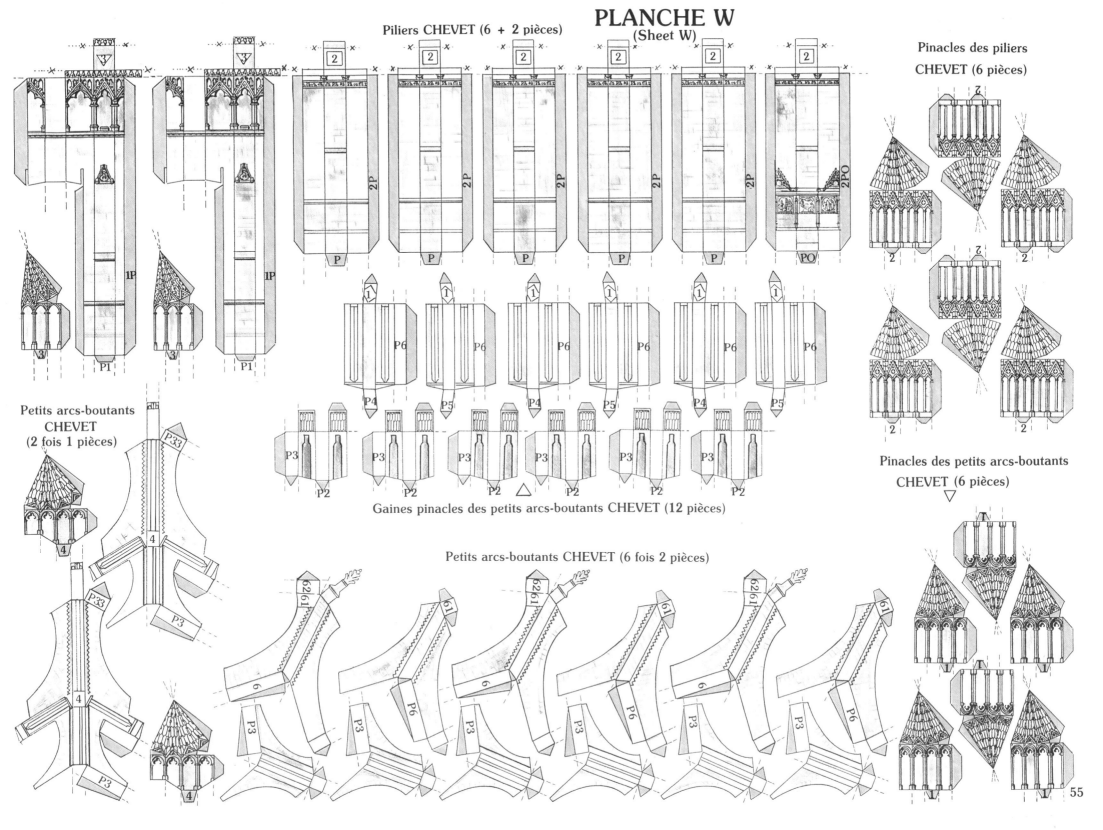

# PLANCHE W
## (Sheet W)

Piliers CHEVET (6 + 2 pièces)

Pinacles des piliers CHEVET (6 pièces)

Petits arcs-boutants CHEVET (2 fois 1 pièces)

Gaines pinacles des petits arcs-boutants CHEVET (12 pièces)

Petits arcs-boutants CHEVET (6 fois 2 pièces)

Pinacles des petits arcs-boutants CHEVET (6 pièces)

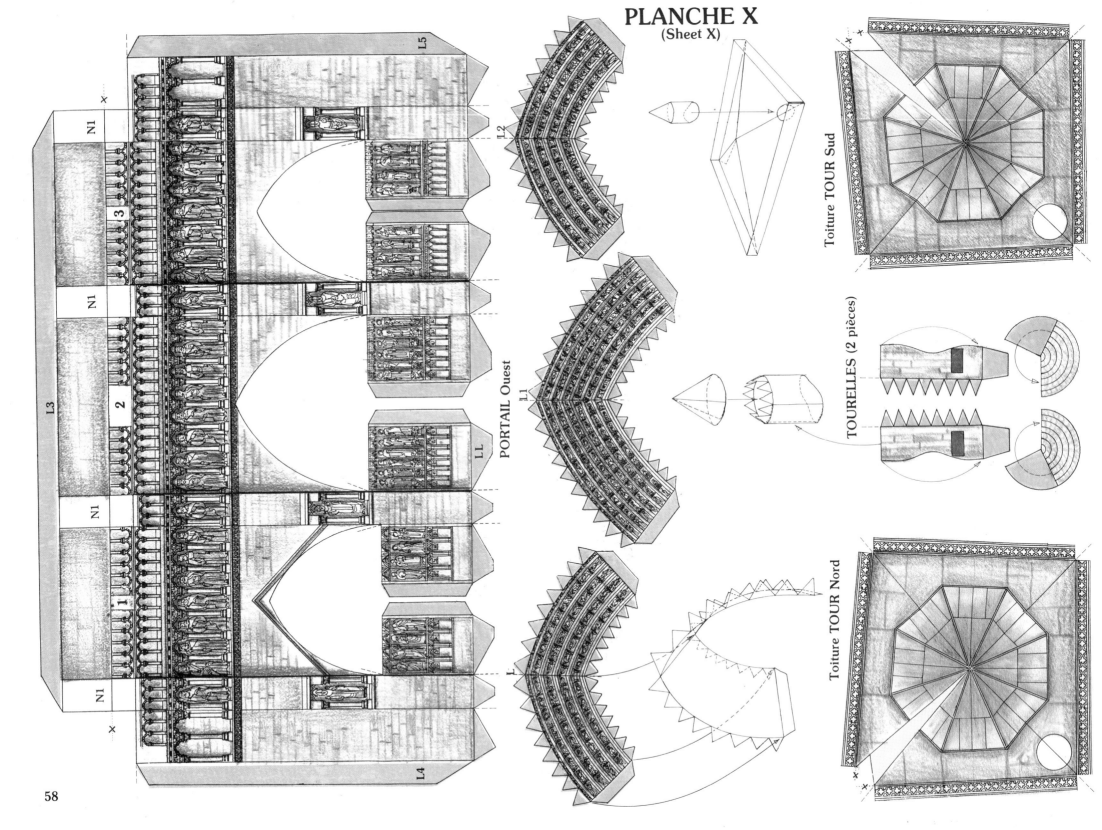

# PLANCHE X
## (Sheet X)

PORTAIL Ouest

Toiture TOUR Sud

TOURELLES (2 pièces)

Toiture TOUR Nord

58

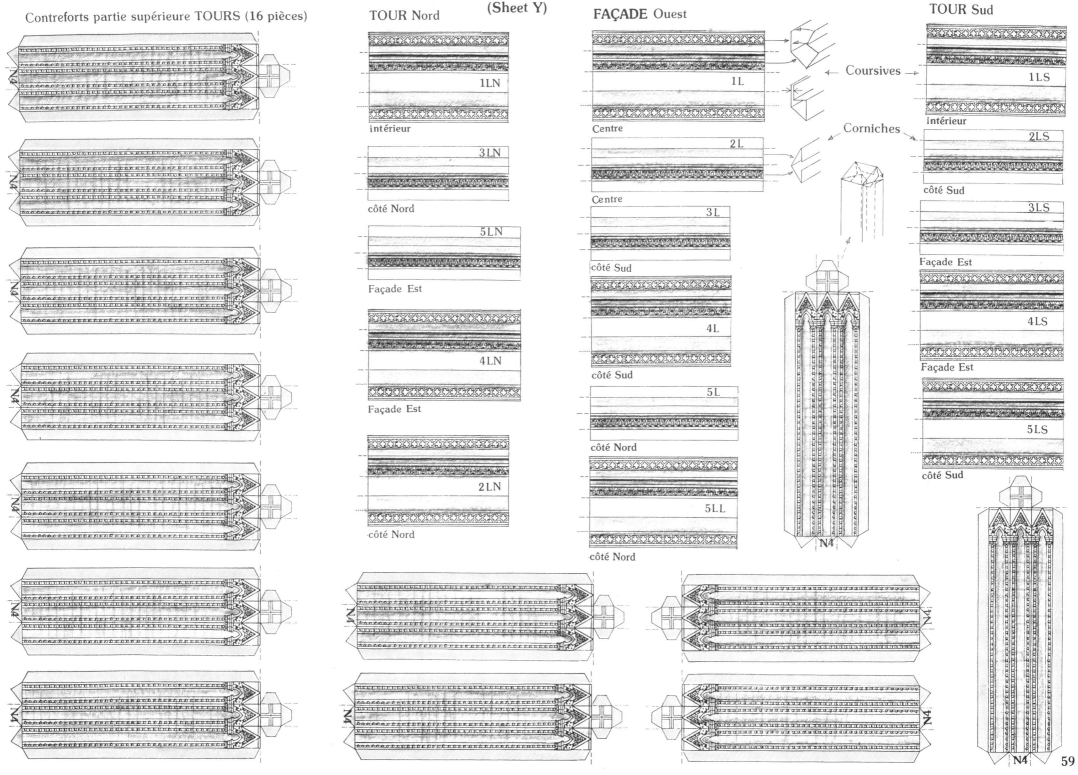

# PLANCHE Y
## (Sheet Y)

**Contreforts partie supérieure TOURS (16 pièces)**

**TOUR Nord**

1LN
intérieur

3LN
côté Nord

5LN
Façade Est

4LN

2LN
côté Nord

**FAÇADE Ouest**

1L
Centre

2L
Centre

3L
côté Sud

4L
côté Sud

5L
côté Nord

5LL
côté Nord

Coursives

Corniches

N4

**TOUR Sud**

1LS
intérieur

2LS
côté Sud

3LS
Façade Est

4LS
Façade Est

5LS
côté Sud

N4

59

# パリのノートルダム寺院

ノートルダム寺院は、パリの中心部にそびえ立った壮厳な宗教殿堂。調和と均衡をものの美事に実現した歴史的な建造物です。

## ノートルダム寺院は約2世紀にわたって建立されたのです。

現在の地に同寺院が建立される以前には、いくつかの宗教建築が無造作に乱立していました。たとえばジュピターを祀ったガリア・ローマ風の寺院。次いで、初期キリスト教時代のバジリカ寺院などです。この地に、ノートルダム寺院を建てようと提案したのはモーリス・ド・スーリー司教（Maurice de Sully）で、同司教は、前記の2寺院よりもっと美しく、もっと大きい大寺院建立の計画を考えたのです。

建立のための礎石が置かれた（日本の鍬入れ式）のはルイ七世下の1163年、そして完成が1345年。

この約2世紀の間、同寺院建立にあらゆる人が協力を惜しみませんでした。それほど、当時の人々は宗教心、信仰エネルギーに満ちていたのです。教会や国王・王族など富裕階層は、この建立のためにこぞって寄進をしたものです。また、貧しい人々は労働力の提供で、この建立に参加したのでした。

フランス全土の石工・大工・ガラス細工師・彫刻家が集まり、建築家ジャン・ド・シェル（Jean de Chelles）とピエール・ド・モントルイユ（Pierre de Montreuil）の指揮下、その腕をふるったのです。

## ノートルダム寺院では、数々の歴史上の式典が行われてきました。

この寺院で行われた史上の式典は数限りがありません。まさに、この寺院が、フランスの歴史というシンフォニーの主調音を奏できたのです。いくつか拾ってみましょう。

- 1185年　エルサレムのヘラクリウス大司教が第3次十字軍の出征を要請する歴史的な演説を行った。
- 1239年　聖ルイ王（ルイ九世）の"茨の冠"の奉納式典。
- 1302年　フィリップ美貌王（フィリップ四世）が全国三部会の設置と開催を宣言した大式典を行った。
- 1455年　異端教徒として火刑に処されたジャンヌ・ダルクをフランス救国の聖女として名誉回復を与える宗教式典を行った。また、イギリスとの100年戦争の最終勝利を神に感謝する戦勝祝典ミサも行った。

## 数字に見るノートルダム寺院

3つの正門入口、3つの回廊、3つの本堂。その造作は簡素にして大胆という他ありません。寺院正面の幅は40m、全体の周囲は130m、塔の高さの合計69m。

聖歌堂は28m×12m。寺院は37の礼拝堂を持ち、3つの有名な薔薇窓の直径は13.5m、合計113の小窓から成っています。

こうした数字だけでも、同寺院の雄大さがわかろうというものでしょう。内装の多彩については、その事例には枚挙のいとまがありません。同寺院こそは、「石造りの聖書」ともいうべき神の殿堂であり、今日に到るまで数十世紀の間、人々に深い感銘を与え読けてきたのです。

- 1804年　ナポレオンの皇帝即位式典。
- 1944年　第2次大戦での対独勝利の戦勝祝典ミサ。
- 1970年　ドゴール将軍の追悼鎮魂ミサ。

このように栄光の歴史をもつ同寺院も、数十世紀の間に、汚損・破壊の危機にさらされ、修復工事もされぬまま老朽建築として放置された時代もあったのです。加えて寺院内部の備品類の盗窃・掠奪（とりわけフランス大革命期）もあり、早急の建て直しが必要となりました。

## ヴィオレ・ル・デュックによる大修復工事

1841年、同寺院修復は緊急の課題でした。宗教建築家のラシュス（Lassus）とヴィオレ・ル・デュックの2人が指揮をとり、大修復工事に着手しました。折りしも、この時期は、フランス国民に「中世を見直そう」の気運がみなぎり、その修復は国民的念願でもあったのです。また、ヴィクトル・ユーゴーの小説「ノートルダム・ド・パリ」が広く読み親しまれた時期であったことも、修復の熱意に拍車をかけました。前記の2人の建築家は、歴史的な考証を徹底させ、その修復プラン作成に没頭したのです。

とりわけ、ヴィオレ・ル・デュックの修復グループは、上蓋、正門、聖歌堂の修復作業に当りました。ルイ十四世治下になされた"化粧張り"は全てこれを取り除かせ、1741年に破損したステンドグラスも完全に復元させました。全ての彫像にも手が加えられ、大革命期に破壊された西側の「王家の回廊」も元の姿をとり戻しました。同じく1792年以来こわされたままだった翼堂（Transept）の十字尖塔も再建されました。

協力者ラシュスの死後も、ヴィオレ・ル・デュックは、その工事を精力的に続行し、彫像家ジェオフロワ・ドゥショーム（Geoffroy Dechaume）にキリストの使徒あるいは聖者の彫像を制作させ、修復を完全なものとしたのです

ヴィオレ・ル・デュックのこの一連の大修復工事は、一部に論争を呼びおこし、異論を唱える人もいたが、彼がいなかったら、今日のノートルダム寺院を私たちは見ることができなかった、ということも確かなことです。

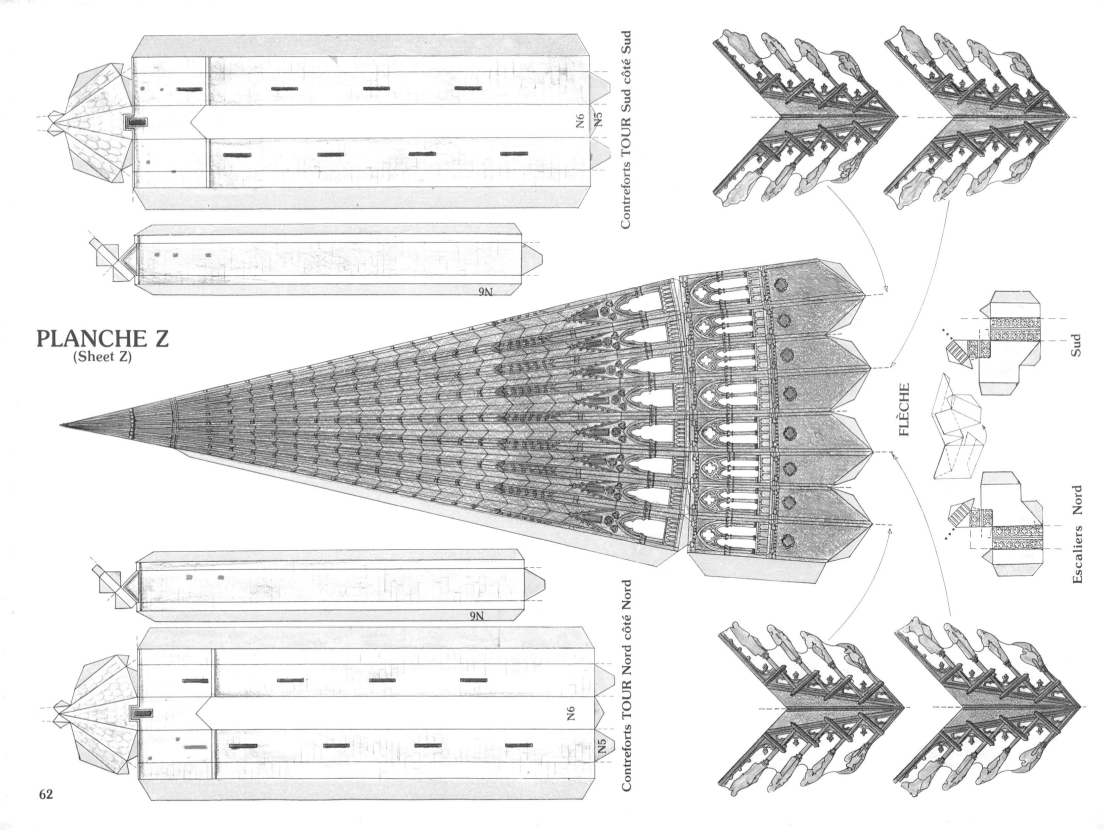

PLANCHE Z
(Sheet Z)

Contreforts TOUR Sud côté Sud

N6
N5

N6

FLÈCHE

Sud

Escaliers Nord

Contreforts TOUR Nord côté Nord

N6

N6
N5

62